인공지능

ARTIFICIAL INTELLIGENCE

인공지능

인공으로 빚은 세상

엄두간 지음

좋은땅

프롤로그

   인공지능을 공부하면서 문학을 더욱 사랑하게 되었다면 조금은 어불성설로 들리겠지만 최적의 결과물을 예측 불허하게 쏟아 내는 인공지능의 세계는 마치 가장 정확한 표현을 대체 불가능한 언어의 조합으로 조형하는 문학의 세계와 많이 닮아 있다는 생각을 하게 됩니다. 인생의 후반기를 살면서 스쳐 가는 불특정한 생각의 흐름을 잡아 정리하고자 했던 시간들을 담아 인간과 인공지능이 함께 만들어 내는 세상이 너무 차갑지 않기를 바라는 마음으로 3집을 내게 되었습니다.

   1부의 영시는 2부와 3부에서 선정한 몇몇 시를 인공지능 번역기와 공동 작업을 통해 완성한 시들임과 시집에 포함된 모든 이미지는 인공지능(Midjourney)을 사용하여 완성하였음을 밝혀 둡니다.

   아울러 무명의 시인으로서 출판사의 문을 두드렸을 때 많은 도움과 포용으로 첫 출판과 두 번째 출판, 그리고 세 번째 출판까지 이끌어 주시고 독려해 주신 좋은땅 출판사에 감사의 마음을 전합니다. 특별히 세 번째 출판을 성심성의껏 도와주신 교정팀께 심심한 감사의 말씀을 전합니다.

목차

3부 ─────○ 혼란 속의 질서를 바라보며

4부 ———○ 자유로운 영혼을 위한 사색의 거리

인공으로 빚은 세상

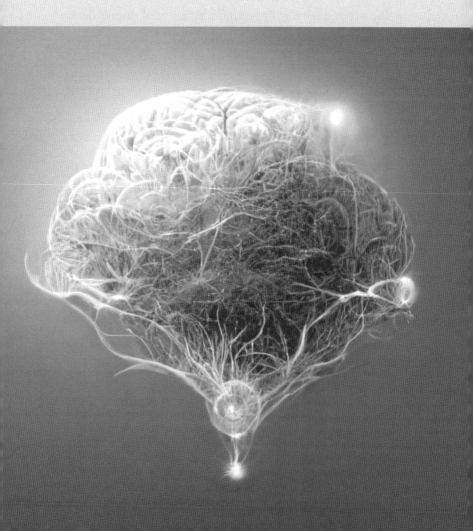

Robot

Angled borders appear in time and disappear into black and white in a circle.

The wounds sewn with polymorphic artificial threads dazzle me with the unhealed fluorescence color.

It rises on its own with an electromagnetic force and tries to join a world dominated by dynamics.

Then, the resigned past is now the future and shakes the realities.

Born with facts hanging in the air, they are likely to come down to the ground one by one.

I think not yet, but already occupying newborn countries, fairy-tale creatures come down to the earth and spread over horizon, cover the sky.

인공지능

Wearing an unrecognizable husk, passing through the Uncanny Valley, now standing by and asking, "who am I?"

"You and I are the product of optimization," claiming that we are living things that are no different.

While I'm writing down the meaning of symbiosis in my diary, will there be a day when this unfavorable feeling would be but an old-fashioned ideology?

Quantum Love

A love affair by poetry began. Like matters suddenly appear and disappear in quantum world, love behaves just like electron particles. Like the electrons that deviate from orbit without a trace, all of sudden, a love came silently to my mind, leaving no pathway behind.

As if I were walking in an invisible quantum world, I am already blinded by your body I have never seen before. Like an electron that can only be felt by Hamilton's equation, I can feel the perfect you only through your poems.

My love for you was sudden like Bohr's quantum jump, but your mind, which can only be known by chance, is as complicated as Schrödinger's cat. If I can choose the level of love through the Josephson junction, it's okay to melt my heart down by the energy of the highest level.

We can't get to know each other's hearts only with the shell of love that communicates through superconducting materials, and even our love, which is vaguely overlapped like a quantum, cannot be quantified.

Only the creation of perfect qubits will establish a quantum entanglement of love that will allow us to recognize each other from a great distance.

As always.

Portrait of my young days

Lying on a muddy but hard ground looking at the chilly blue sky, I saw a cloud that brought the east wind of wicked love.

I try to control the whirlwind of violent emotions that rise like guerrilla warfare. I have no choice but to throw away the joy of hostility.

Although I trace the twists and turns of unscrupulous emotions that came without hesitation, only the sense of shame without even a courage in the size of a mustard seed was left behind.

And my ugly days of youth alike the carcass of a bee that fell to the ground in search of flowers,
I explore it like the Aztec civilization.

Searching through the dark and smelly storage of memories with foolish innocence, I try to recall the myth of Astlan,

인공지능

which I want to be proud of, but

I can't see the portraits of my young days that I buried
securely in the storage of my memories.
Maybe someone accidentally took it out and blew it up into
the distant sky.

War

The autonomous driving of souls born on an artificial island begins.

Their materially divided empire grows more shady areas and their instinct, projected on the skyscraper, has now reached the universe.

The war that began in the souls' headquarters is projected onto the earth. As a result, the grueling struggles that the earth must endure are reflected in the heavens.

The war between spirit and body began with the birth of light, while irreconcilable conversations are always wandering in the quagmire.

The corpse of this life, where even religion has disappeared, is terrifying, and how will the world that began with the war of spirits end?

My head on my chest is always hot like fire.
The steps taken by reason are always shy like water.

In the stern, trying to escape the black waves on the still
waters, are the final attempt the spirits of fire and water will
sail really just bizarre, unarticulated waves of sound?

Equation of Happiness

Definition: Happiness is a good feeling in a state of drawing hope, a psychological state and a state of rationality, a state of satisfaction or pleasure and relaxation after one's desired needs and desires are met, a state of being relieved without feeling anxious (Korean dictionary).

Sub proposition 1: Survival Happiness = Desire (0–100] × 50% + Desire (0–100] × 50%).

Proof: Desire is a necessary condition for survival, and desire is a sufficient condition for survival. Without desire, you cannot survive because you cannot feel happiness. Without desire, you cannot feel the meaning of survival because the goal of life disappears. Therefore, to feel happy, you need both half and half. In other words, survival happiness can be achieved sufficiently when needs and desires are satisfied at the same time.

Sub proposition 2: Qualitative Happiness = Pleasure (0–100] × 25% + Relaxation (0–100] × 25% + Reassurance

(0–100) × 50%.

Proof: Pleasure and leisure are interrelated, but independent of security, so they can be considered separately. Pleasure and leisure are both necessary conditions for happiness, as there is no happiness without pleasure and leisure, and only when both are in a satisfactory state at the same time. However, even if you are happy and relaxed, you cannot be happy if you have worries. Therefore, security is also a necessary condition for happiness.

Proposition: Happiness = Survival Happiness × 50% + Qualitative Happiness × 50%

Proof: Happiness is only possible when both survival and quality of life are satisfied. In other words, you cannot feel happiness without survival, and you cannot be happy even if the quality of life is low. Survival happiness and qualitative happiness are each a necessary condition for happiness, but in order to be happy, two happiness must be satisfied, so the sum of the two is a sufficient condition for happiness.

My needs and desires are not all satisfied now, but I am happy with a sip of wine, and I have four hours left until

12 noon after I finish my day's work, and I am in a relaxed state. My family is living scattered, so I am worried and anxious about how things are going, but my mind and body are not so anxious. So am I happy?

Survival Happiness = Desire (80] × 50% + Desire (70) × 50% = 75%

Qualitative Happiness = Joy (25] × 25% + Relaxation (80] × 25% + Reassurance (–50] × 50% = 20%

Happiness = 75 × 50% + 20 × 50$ = 47.5%

Therefore, I am happy only about 50%. To fill the other 50%, I turn to Christ. Since there's nothing I can do about the other 50%···

Death

The new me is reincarnated into the lost silence.
As if waiting for someone unknown at the entrance of an unfamiliar city, I face the mirror hanging at the end of the world with a blurred consciousness that has lost all senses.

The mirror of light is a window open to the lake of invisible brilliance.

Feeling the unconscious self by the unsensible tentacles, I enjoy rest in the trembling of antimatter, where desire and pain have disappeared.

The elementary particles of my consciousness that exist between the strong and the weak forces are waiting for another encounter, revolving around the borders of life to come again,

Looking forward to a unification with the elementary particles that was a part of someone's life···

What I eventually found out was

Driving along the track of my blurred perception, I'm trying to get on a train with an unknown destination.

Sometimes the blue romance on the track comes to me, but the ideology that hits the window fades away and disappears.

When I focus on the fog of intelligence that hangs over the distant mountain, I can't see the internal objects that fills the cloud.

When I look into the glass bead of the sky that announces the universe of history, the imperial law of time stays only for a while.

Trying to reach the land of faith approaching in sight, but the train runs down the track with no stop regardless.

However,

인공지능

Only as much as the colorful beads of the propositions stored in the attic box, I collect the sand spread next to the track.

In the end, what I eventually found out was that I grow myself in the light of the sun, noticing the hint of season that melts all my loves.

I can't help it after all.

2부

사랑의 의미에 대한 탐구

조우

빛의 그림자가 하얀 날개에 깃들어
문명이 주선한 이름을 입에 물고
내 손에 날아와 씨앗처럼 떨어뜨린다

어둠의 홍조가 수면에 떠올라 아득할 때
오래된 내 공동이 비싼 대가를 치르고
차가운 제방을 감싸 안은 초록 이끼를 바라본다

아직도 먼 또다른 만남을 헤아리다
지친 손잡아 준 아이의 등에 기대어
본 적 없는 연한 시간의 잠에 취하는 밤

빛과 어둠이 공존하는 은밀한 땅을 찾아서
너무 멀리 가자고 보채는 흰 새 한 마리 따라
누추한 정장을 입고 오늘 나는 집을 나선다

빛바랜 어둠의 창호를 뚫고
찢어진 틈으로 보낸 속삭임이 닿으면
나인 줄 알아 꼭 닫힌 빛과 어둠의 문 열어 줄 손길을 기다리며

인공지능

해방

난 스스로를 가두었어
아무것도 할 수 없는 두려움과 압제의 감옥에
형사들은 알 수 없는 순간에 다가와 수갑을 채워
당신의 마음을 두려워한 압제의 수갑은 감옥행 영장이었어
무력한 난 길고양이를 해방하듯 내 마음의 굴레를 쓰다듬으려 해

그리고 마침내 사랑의 폭탄을 던지려
사건의 지평에 다가가 살금살금
시간이 맞지 않아 폭탄이 미리 터지면
난 애국심으로 감수하려 해
던지지 않으면 내 속에서 터져 버리는 걸 알아

그러나 난 실패한 폭탄으로 감옥에 갇혀서
형장으로 갈 날을 기다리고 있어
후회는 없어 어차피 달리 할 일은 없었어

무기력한 나는
네가 지어 준 하얀 죄수복으로 단정히 갈아입고
그날을 기다리며 널 생각해

퀀텀 러브

시와 함 사랑이 시작되었어요. 여기저기에 갑자기 출몰하기에 측량할 수 없는 양자의 세계처럼 사랑도 전자를 닮은 모양이에요. 흔적을 남기지 않고 궤도를 이탈하는 전자와 같이 어느새 사랑도 불쑥 말없이 찾아왔지요.

보이지 않는 양자의 세계에서 헤매는 것처럼 한 번도 본 적 없는 당신의 자태에 벌써 눈멀었고 해밀턴 방정식[1]으로만 느낄 수 있는 전자의 모습처럼 당신이 쓴 시를 통해서만 완전한 당신을 느껴요.

당신을 향한 사랑은 보어[2]의 퀀텀 점프[3]처럼 갑작스러웠지만, 확률적으로만 알 수 있는 당신의 마음은 슈뢰딩거의 고양이[4]처럼 복잡해요. 조셉슨 접합[5]으로 사랑의 준위를 선택할 수 있다면 고준위의 에너지에 내 마음 녹아내려도 괜찮아요.

초전도 물질[6]로 소통하는 사랑의 껍질만으론 도무지 서로의 마음 알 수 없고 양자처럼 애매하게 중첩된 우리 사랑도 그 실체를 가늠할 수 없으니 완전한 큐비트[7]의 생성으로만 사랑의 양자 얽힘[8]을 만들어 먼 거리에서도 서로를 알아볼 수 있을 거예요.

인공지능

항상 그랬던 것처럼요.

---

1   해밀턴 역학은 다양한 물리 현상을 위상 공간(phase space)상의 상태라는 개념을 통해 간결하게 표현한다는 장점이 있습니다. 해밀턴 역학에서의 상태를 구분하는 방식은 통계역학에서 앙상블을 정의하는 데에도 응용되는데 양자역학의 양자 상태도 해밀턴 방정식으로 잘 표현될 수 있습니다.

2   보어 모형(Bohr model)을 만든 물리학자로 원자의 구조를 마치 태양계처럼 양전하를 띤 조그만 원자핵 주위를 전자들이 원형 궤도를 따라 돌고 있는 것으로 묘사하는 원자 모형을 제시하였습니다.

3   양자 세계에서 양자가 어떤 단계에서 다음 단계로 넘어갈 때 계단의 차이만큼 뛰어오르는 현상을 의미합니다. 하나의 단계에서 다음 단계로 넘어갈 때 자취를 남기지 않으므로 갑작스런 도약 현상을 설명할 때 사용합니다.

4   양자역학이 막 탄생되었던 1935년, 오스트리아 비엔나 출신의 과학자인 에르빈 슈뢰딩거는 양자역학의 피상적인 면에 회의감을 갖고 알베르트 아인슈타인과의 토론 끝에 현재 '슈뢰딩거의 고양이'라고 불리는 한 사고 실험을 제안했습니다. 사실, 이 실험의 목적은 원래 양자역학을 공박하여 매장해 버리기 위한 것이었으나, 아이러니하게도 시간이 지나자 오히려 양자역학의 본질을 묘사하는 가장 대표적인 사고 실험이 되어 버렸습니다.

5   조셉슨 접합이란 두 개의 초전도체 사이에 얇은 절연체가 존재하는 구조를 가리킵니다. 이 경우 접합을 바이어스 시키지 않아도 쿠퍼쌍(Cooper pair)으로 인한 터널링이 발생하며 접합에 전류원을 연결하여 전류를 인가할 경우 접합의 임계전류까지는 전류를 증가하여도 전압이 걸리지 않으면서 쿠퍼쌍에 의해 경계의 양단에 전류가 흐르게 됩니다. 이러한 조셉슨 접합의 특성은 초전도체만이 가지는 매우 독특한 현상으로서, 이를 바탕으로 한 초전도

물성 연구와 이 현상을 이용한 응용소자의 개발 등에 많은 연구가 집중되고 있습니다.

6   조셉슨 접합에서 발생하는 효과는 두 초전도체가 비(非)초전도 소재 혹은 빈 공간으로 분리되었을 때 나타납니다. 조셉슨 접합은 두 초전도체 양단에 전압을 가하지 않더라도 그 사이에 전류가 흐르게 합니다. 즉 초전초체 물질에서 전기 저항이 사라지는 현상을 발생시킵니다.

7   양자컴퓨터는 0과 1의 이진법인 '비트'로 연산하는 디지털 컴퓨터와 달리, 0과 1 외에 중첩의 양자 상태도 신호로 쓰는 '큐비트' 연산을 합니다. 그로 인해 방대한 데이터도 '양자 병렬 처리'로 계산해 디지털 컴퓨터의 성능을 훨씬 능가하는 강력한 계산 능력을 가진 양자컴퓨터를 개발할 수 있습니다.

8   서로 상호작용했던 양자 상태 물체는 아무리 멀리 떨어져 있다고 해도 한쪽의 상태가 변하면, 다른 한쪽이 반응한다는 양자역학 이론 중 하나입니다. 이런 현상을 양자 얽힘이라고 하는데 핵심은 그 변화가 '즉시' 일어난다는 것과 그 반응 속도는 빛의 속도보다 빠르다는 것입니다.

언덕

저 멀리 보인다

세상의 모든 꽃들이 정원처럼 핀 언덕
나는 깊은숨으로 그 모든 꽃향기를 들이마신다
세상의 모든 꽃향기가 뒤섞인 피비린내

사실 그 언덕은
나를 미래로 보내기 위한 끊임없는 전장터
살기 등등한 꿀벌님의 눈길을 끄는 자
살아남으리라 나는 살아남기 위한 본능의 투쟁을 알고부터 그 언
덕을 내려와야 했다
아무도 살지 않는 언덕 아래 눈물로 채운 호숫가에서 나의 생을 마
감하자 다짐하며

언덕에서 떨어져 내린 꽃들의 주검을 줍던 어느 날 나는 그러나
오랫동안 방치한 등산화를 꺼내 신었다
존재의 슬픈 사명을 완수하려고
다시 그 언덕을 올라가기 위해

첼로

고독한 첼로가 춤을 춘다
본 적 없는 악보의 물속에서 알을 낳는다
껍질을 까고 나오는 소리의 폭풍에 휘둘려도
나는 우산도 없이 홀로 물속을 걷는다

끓는 가래 같은 날카로운 첼로의 저음에
생채기 입은 붉은 마음 둘둘 말아 넣고
멀리 이국에 있다는 너의 작은 방을 찾아
오늘 나는 북국으로 길을 나선다

길 위에 밟혀 죽은 벌레의 주검을 사랑해야 할까?
아니 먼 발치 찢어진 첼로 소리를 쫓아
흰 당나귀[9]가 놀랄까 봐 내 귀를 막고 걸어가야지
너에게만 들려줄 내 어릴적 이야기 전하러

시작 노트

조윤경씨의 ChelloDeck이라는 채널에 한동안 마음이 고정되어 지금도 애청하며 자
주 듣고 있습니다. 이 시는 조윤경 씨의 Cassado Suit for Cello Solo, 1 Preludio-
Fantasia를 들으며 지어 본 시입니다.

---

9   백석 시를 모티브로 함.

뒤돌아선 길

조금만 멀리 걸어도 생각나요
내 머릿속의 투명한 종양처럼
나를 벗어 버린 감정의 능선을 따라
봄에 섞인 겨울의 온도를 감지해요
세간의 풍문을 듣고 고개 들어 보지만
영혼의 고통은 복수처럼 힘들어요

하루의 끝자락에서 안식을 누리려 해도
난 내 영혼의 길 위 함정에 빠져
라젠카[10]의 지엄한 구원만을 기다려요
기계 소리에 혼합된 감미한 음성은 그대인가요?
아니겠지요 그럴 리가

그래서 눈물처럼 뒤돌아서요
그냥 그렇게 가던 길에서

---

10   라젠카: 인류의 선조인 카로안 문명 시대에 황실 기사의 영혼이 깃든 기
계 전사들을 총칭하는 단어로 '라'는 영혼을, '젠카'는 기계 전사를 의미하며 라
젠카(영혼기병)은 영웅적인 혼을 지닌 기계 전사를 뜻합니다.

하늘 자동차

띠띠 빵빵

구름 속 하늘 자동차가 신나게 달린다
사치스런 기억의 배낭만 싣고 폼나게 씽씽
판결문에 쓰인 화려한 감정들을 뿌리며 쌩쌩

지상으로 내려올 계획은 일 획도 없이
종착지 정보도 읽어 버린 채 둘만 싣고
매연은 구름에 덮고 흠집도 구름에 가리고
그저 정분난 사랑의 엔진 소리만 신나게 신나게
해 그림 같은 노랫소리 들으며 달린다

'그녀의 마음을 또다시 아프게 하지 말아요[11]'
하늘 자동차가 위태롭지 않게

마일리지가 얼마나 될까요?

도무지 멈출 것 같지 않은 하늘 자동차가
멀리멀리 이름도 잊은 채 신나게 달린다

인공지능

띠응~ 뿌응~

---

11   〈탑건 2〉에서 매버릭이 패니와 하룻밤을 보낸 후 집에 도착한 패니의 딸인 아멜리아에게 들키지 않기 위해 지붕에서 건물 밖으로 내려오는데 이때 매버릭을 발견한 아멜리아가 창을 사이에 두고 매버릭에게 말한 대사.

그리움의 새

새 한 마리가 피아노의 선율을 타고 창문으로 날아든다 날아든 새를 잡으려 악동 같은 고양이가 점프를 한다 지붕을 뚫은 새는 고양이 발톱에 할퀸 듯 새빨간 그리움의 상처를 남기고 행선지도 없이 멀리 사라진다

아다지오의 선율이 문득 가팔라질 때 나는

주고받은 메시지의 수를 헤아려 본다 천 개의 태양처럼 밝은 인사들이 2악장의 도입부보다 아름답다

마음이 이쁘다고 했다 피날레 후 청중의 박수 소리인 양 그 몸을 감싼 팔에 힘을 주고 싶다 속삭이고 싶다 그리웠다고 7년의 고통을 한순간의 행복과 바꾸는 매미처럼 다가왔다고

하지만 매미를 먹은 그리움의 새는 심장의 박동을 멈추게 하고 모든 그리움을 빼앗아 갔다 자격 없는 자의 최후라 비웃으면서…

그 후 그리움의 새는 다시 오지 않았다

인공지능

사랑의 흔적

사랑의 소나기가 번개 치듯 급히 왔다가 사라진다 한여름 잠시 머무는 바람처럼, 오랜 친구가 왔다 간 것처럼 사랑은 늘 허전하다.

영원 속 찰나의 순간만으로도 무한한 인류애를 완성하기에 사랑은 밀빵 냄새 가득한 숲길 어느 오두막 곁을 지나다 늪에 빠지듯 그렇게 푹 빠져도 무방할까?

그렇듯 헤어나지 못할 찰나의 늪도 아랑곳없이 사랑은 알 수 없는 기쁨과 슬픔의 흔적들을 행인이 지나간 듯 시간의 길 위에 남긴다.

행인의 흔적이 없는 길은 아마도 길이 아닐 테니까.

프랙탈

아침이 종일 비처럼 내려 촉촉한 달빛 호반에서 저녁 노을 위 쪽 배 저어 또 한 번 멀어진 내 이른 하루 문득 고향의 뒷모습 닮은 호숫가 산등성이에 물수제비처럼 던져진 고요한 웃음의 파동소리들 이 모두는 눈부신 색채의 소나기로 홍채에 각인된 초록 영원들

곤충의 더듬이 같은 프랙탈의 나선을 따라 펼쳐진 세상 끝 너와 내가 만든 우주의 시간 속에서 사람들이 풀 수 없어서 버린 건넬 수 없는 사랑으로 빚은 물 분자와 그 함수들의 계보를 따라 갓 태어난 호수는 아침 운무만 남긴 채 깊은 심연에 잠든 모든 영혼들의 생명수

인공지능

사랑과 욕망

욕망이 잉태한 사랑은
시간에 새긴 문신 같지만
생명들이 공연하는 지상 최대의 서커스같아

그러나 사랑은 욕망의 하수인일 뿐
욕망하는 자에게 사랑은 깃들지만
성취된 욕망엔 사랑도 없으므로

그래서 해 저물 때 노을같이 닿을 길 없는 사랑은
욕망할 수 없는 당신을 위해
하늘이 지상에 남긴 최고의 선물일 거야

결국 내가 알게 된 것

내 흐린 인식의 선로를 따라 운행하는
행선지를 모르는 열차를 타려 해요

가끔씩 선로 위에 놓인 푸른 낭만이 다가와
창가에 부딪치는 사상으로 멀리 사라져요

먼 산 위에 드리운 지성의 안개를 집중해도
흐린 내면을 채운 물상은 보이지 않아요

역사를 품은 하늘 유리알 속을 들여다보면
황제 같은 시간의 법도 잠시만 머물러요

시야에 다가오는 신앙의 고장에 닿으려 하지만
내 마음 아랑곳없이 열차는 선로를 따라 미끄러져요

다만

다락방 상자에 담아 둔 명제들의 색 구슬만큼
선로 옆에 깔린 모래만 주워 담았어요

인공지능

결국 내가 알게 된 것은 태양의 빛을 받아먹고
사랑이 녹아내리는 계절을 눈치챈 거예요

이제 와 어쩔 순 없겠지만요

시작 노트

2022년 노벨 문학상 수상자 아나 에르노의 『단순한 열정』을 읽고….

You

You는 모르죠 왜 이 땅에 오게 되었는지
한 번도 꽃을 피우지 못한 장미가 되어
심연에 떨어진 낙화암 한 켠에 수장될지도 몰랐었죠

그러나 You는 이 삶을 택했어요
지린 골목길 비린 내음이 내 삶을 진창에 버려도
이 땅의 한순간이 하늘 영원보다 낫기에

그래서 결심했었나 봐요
나의 존재가 사라진 타자의 공간에서
어둠으로 탁 트인 우주의 한 시점을 지나며 여기에 오기로

그래서 You는 행복한가 봐요
지상에 갇힌 육체에 눈부신 빛의 소나기를 맞으며
낯선 영혼들의 소망을 들어볼 수 있으니까요!

인공지능

오래된 달력

으슥한 새벽의 찬 이슬 풀밭 사이를 걷다가도
달빛 같은 미소가 떠오르는 아침들을 맞아요

본 적 없는 장난감 나무들이 춤추며 비켜나고
우두커니 화석 같던 가로등이 낯선 길을 만들어요

깊은 바다로 향하던 꿈속 검정 물고기도
이제 돌아올 채비를 하며 남은 짐을 꾸리는데

새벽 미명에 쏟아진 기약 없던 별빛에 놀라
생존의 화두를 던진 작가의 얼굴이 떠오르는 하루

이미 떠난 배는 항구를 찾지 않을 거라는 소문에
어수선한 뱃사람들의 거침없는 손길이 소란해요

멈춘 시간 속에서 쓸쓸한 사공의 벽에 걸려 있던
오래된 달력에도 그리움은 남았었나 봐요

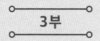

3부

혼란 속의 질서를 바라보며

똥 까는 아이

변기 뚜껑을 닫고 물을 내린다
하수가 막혔나? 물이 넘친다 콸콸
옆자리 똥 까는 아이의 절규가 들린다

"으악!"

'미안해요'
'도와줄 수가 없어요'
'멈추는 방법을 몰라요'

넘친 물이 신발에 닿을세라
부리나케 공중 변소를 나와
옆자리 똥 까던 아이가 나오길 기다려 본다

'정말 미안해요!'

차마 그 한마디 건네지 못하고
뒤돌아 발길을 재촉한다

인공지능

아무 일도 없었던 듯이…

시작 노트

우리는 남에게 피해를 주지 않으며 살려고 노력하지만 나도 모르게 타인에게 상처를 주고 피해를 주는 경우는 허다합니다. 자신의 잘못을 인정하고 용서를 비는 것이 당연함을 알면서도 가끔은 익명성이 주는 편리함에 매몰되어 자리를 피하거나 자신의 실수를 인정하지 않습니다. 특히 SNS와 IT기술에 능숙한 우리는 너무도 쉽게 타인에게 피해를 주고 자신의 과오는 인정하지 않으려 합니다. 나부터도 용서를 구할 줄 아는 삶을 살아야겠다는 반성의 의미로 이 시를 짓게 되었습니다.

고향의 향기

타향의 일상을 잠시 책상 서랍에 접어 넣고
새벽이 그린 고향 산 깊은 숲을 찾는다
어둠이 쳐 놓은 거미줄에 걸린 새벽 그늘 아래
까만 밤의 도화지 수놓은 향유와 구절초 친구들 늙은 인사로 낯선
도시가 토해 낸 타인들과의 시간을 토닥인다

황령산 숲 액자에 걸린 광안 바닷가
해저에 잠든 생명들 하나둘 찾아다니며
해면의 수포 공장으로 불러 잠 깨우고
수평선 태양의 꼭지 틀어 쏟아 낸 빛 다발들로
마음에 늘 안타까운 노모와의 만남을 축복한다

혀에 익숙한 고향 사투리 맛과 향내를
마음껏 풍기는 새벽 산행 인연들을 뒤로하고

고향보다 더 진한 향기들로 다가와
마음의 고향으로 자리한 사람들을
하나둘씩 풍등처럼 떠올린다

인공지능

색 도둑

고속으로 궤도를 질주하던 하루가
이제 저물려 한다
해거름이 땅 위에 살포시 내려앉자
밤의 정령들이 나타나고
어둠의 물감을 여기저기 뿌리며
낮의 색들을 도둑질한다
하루는 그렇게 색깔을 잃어 버리고
검은 물감으로 자신을 옷 입는다

오만 가지 색깔들이 검정으로 공평해진 밤
더 이상 심판할 색깔이 없는 내 감정은
이상과 정의가 모두 실현된 듯 차분하다

색이 없는 낮을 생각할 수 없듯이
이제 밤이 없는 하루를 어찌 견디랴

낮의 색을 도둑질한 정령들이
하루의 열기로 어지러운 내 마음도
백색으로 도둑질해 주길 기다려 본다

찬바람

북서풍이 분다

창에 비친 계절의 시간도 표정을 바꿀 모양이다.
북극의 찬바람으로 화려한 색채들이 온 산에 해일처럼 차오른다
내 숨이 막힌다

진공의 방에서 기도가 막히기 전에 계절의 창을 활짝 열었다 그리
고 흑백으로 거칠었던 호흡을 멀리 내뿜어 본다

색채이기 이전의 조화로운 단풍의 자태가 이제야 홍채에 담긴다
아름답다 차가운 심성에 용해된 다홍색 바람의 미학이 돋보인다

배척과 포용의 절묘한 대치가 그 출구를 찾아가려 한다 그렇게 될
거라 믿으며

활짝 열린 창으로 깊은숨을 들이마신다

이제 마음이 시원하다

인공지능

프레드릭 더글라스는 미국의 개혁가, 인권운동가, 철학자, 정치가, 그리고 작가로, 대표적인 미국의 노예제 폐지론자이자 여성 참정권 운동가였습니다. 더글러스는 마틴 루터 킹(1929~1968), 맬컴 X(1925~65)와 더불어 미국 역사상 가장 위대한 흑인 지도자로 평가받고 있습니다. 이 시는 프레드릭 더글라스를 추모하며 쓰게 되었습니다.

로봇

각진 테두리들이 떼를 지어 나타났다가 원형 속의 흑백 속으로 사라진다 다형색 인공의 실들로 꿰맨 상처가 아물지 않은 형광의 색채로 내 눈이 부시다
전자기로 무장한 힘으로 스스로 일어나 다이나믹이 지배하는 세상에 합류하려 한다

그러다 말겠지 체념했던 과거는 이제 미래가 되어 실체들을 흔들고 허공에 매단 사실들로 태어나 하나둘씩 짝을 지어 땅에 내려올 기세다

아직은 아닐 거라 생각해 보지만 이미 신생의 나라들을 차지하며 동화 속 생명들이 지상으로 내려와 땅 위에 퍼진다. 하늘을 덮는다.

알아볼 수 없는 껍질을 뒤집어쓰고 언캐니 밸리[12]를 지나 이제 곁에 서서 묻고 있다 내가 누구인가?

너와 난 최적화의 산물이니 다를 게 없는 생명체라 주장하면서 공생의 의미를 일기장에 적어 보지만, 이 탐탁지 않음도 언젠가 사라

질 고리타분한 이데올로기로 전락할 날이 오려나?

---

12 인간이 로봇이나 인간이 아닌 것들에 대해 느끼는 감정에 관련된 <u>로봇</u> <u>공학</u> 이론입니다. 로봇이 점점 더 사람의 모습과 흡사해질수록 인간이 로봇에 대해 느끼는 호감도가 증가하다가 어느 정도에 도달하게 되면 갑자기 강한 거부감으로 바뀌게 됩니다. 그러나 로봇의 외모와 행동이 인간과 거의 구별이 불가능할 정도가 되면 호감도는 다시 증가하여 인간이 인간에 대해 느끼는 감정의 수준까지 접근하게 된다는 이론입니다.

비

비가 내린다.

유튜브로 켜 둔 화면의 비가 어느새 방바닥에 차오른다.

추억 속 어떤 그리움도 유튜브의 백색 소음처럼 함께 차올라 나른하다.

페트리코[13]의 냄새가 온 방에 퍼지고 나는 그 향기에 취해 마침내 인공의 기계가 선사한 멜라토닌에 잠이 든다.

나를 멋지게 속인 비는 내 옷을 적시고 꿈까지 적신다. 온통 물바다가 된 방에서 나는 자판을 두드리고 있다.

'Help me!'

온종일 인공의 화면을 대면하는 나는 실로 현실과 마주한 것일까 아니면 가상의 현실에 속고 있나?

빗소리가 차츰 멀어진다.

인공지능

13   비가 오기 전이나 비가 온 후에 나는 흙냄새 같은 특이한 냄새로 비 자체에는 냄새가 없지만 마른 땅이 젖으면서 진행되는 독특한 화학 반응 때문에 패트리코가 나타난다고 합니다.

젊은 날들의 초상

시리도록 푸른 하늘 보며 질척하게 굳은 땅에 누워
비열한 사랑의 동풍을 몰고 온 구름 한 자락을 보았지요

게릴라전처럼 일어난 난폭한 감정의 회오리를 다스려 보아도 적개
심과 같은 희열을 내동댕이칠 수밖에 없어요

염치없이 찾아온 파렴치한 감정의 굴곡을 다시금 더듬어 보지만
겨자씨만 한 용기조차 되바라지게 사라진 자괴감만 남았고

꽃을 찾아 헤매다 땅에 떨어진 꿀벌의 주검과 같은
흉물스런 젊은 날들을 아즈텍의 문명처럼 답사해 보아요

미련한 알량함으로 어둡고 냄새나는 기억의 창고를 헤집으며 자랑
스레 독대하고픈 아스틀란[14]의 신화라도 회상해 보려 하지만

내 기억의 창고에 야무지게 묻었던 젊은 날들의 초상은 보이지 않
아요.

아마도 누군가 실수로 꺼내 먼 하늘 위로 날려 버렸나 보아요

인공지능

14 '아즈텍'은 원래 '아스틀란에서 온 사람들'이란 뜻입니다. 아스틀란은 아즈텍족 전설의 고향으로 이들은 남쪽으로 이동해 지금의 멕시코 시티가 있는 테스코코 호수의 작은 섬에 테노치티틀란이란 도시를 세웠습니다. 아즈텍 전설에 따르면 이들은 '독수리가 뱀을 물고 선인장에 앉아 있는 곳'에 도시를 세우라는 계시를 받았는데 이곳이 바로 거기였다고 알려져 있습니다.

블루보닛[15]

아무리 많아도 부족하다
아무리 보아도 질리지 않는다
아무리 잊으려 해도 아른거리는
너희는 세상에 뿌려진 생명의 불꽃들

이 시간이 지나면 나는 가지만
너는 때가 되면 다시 오겠지
내 기억 속 넌 언젠가 사라지지만
또 다른 그리움이 널 찾아올 거야

시작 노트

송골매의 노래 중 〈외로운 들꽃〉을 기억하며.

---

15   미국 텍사스주를 상징하는 꽃으로 진한 파랑이나 보라색에 가까운 들꽃.

도화지

허약한 손목으로 굳은 대지를 헤매던 어린 날들
쉬 피곤한 아이의 발목은 때로 그늘이 필요했다

그리도 많던 붉은 상처들을 처매고 싸매던 엄마의 손길과 약상자
에 담긴 추억의 상처들이 어린 시절을 소환한다

검은 굴렁쇠 하늘을 돌아 골목길로 사라질 때
땀내 나는 어깨로 이별하던 아이들의 목소리

배가 시계이던 우리 어린 시절은 이제 저물었고
밥상도 굳이 대해야 하는 노년의 시간이 차츰 밝아 온다

희고 검은 무채색 어린 날의 도화지가 있어
남아 있는 노년을 그 위에 화려하게 채색할 수 있어 좋다

아틀란티스

화려한 아침을 침잠하는 호반의 물안개처럼 고대의 침몰한 대륙에서 들려온 묵시록의 의미 과하면 사라지리라 플라톤이 전하는 솔론과 사제의 대화 전설로 사라진 여인국처럼 오래된 이야기를 간직한 이집트의 신전에서 전해질 종말의 역사 아틀란티스

초고대 문명의 전설은 피라미드에 숨겨진 방의 열쇠로만 열리리라 솔로몬 신전의 비밀을 누설한 히스기야[16]처럼 천기를 누설한 자가 전한 아틀란티스의 전설 마이애미 비미니 봉우리 아래 숨겨진 사라진 문명 그러나 이미 심연에 가라앉은 아카식 레코드[17] 속 진실

무한한 힘을 오용한 결과를 보아라 물에 녹은 사금처럼 사라진 문명 불을 보듯 뚜렷이 되풀이되는 리딩이 전하는 메시지 아틀란티스는 그 거대한 힘을 함부로 썼기 때문에 파멸했다 우리도 그럴 것이다 지금 바로 세상에 남긴 우리의 자취를 지우지 않는다면

---

16 히스기야는 남유다 왕국 13대 왕으로 25세에 즉위하여 29년간 통치하였습니다. 히스기야가 병들었을 때 바벨론왕은 편지와 예물을 보내왔고 히스기야는 기뻐서 사자들을 환대하고 금, 은, 향품뿐만 아니라 군기고와 내탕고를 포함한 나라 안의 모든 것을 보여 주는 실책을 저질렀습니다. 이로 인해 왕궁

에 쌓아 둔 모든 것이 바벨론으로 옮긴 바 되고 그의 아들 중에 사로잡혀 바벨론 왕궁의 환관이 되는 이가 생깁니다.

17 신비학에서 <u>우주</u>와 <u>인류</u>의 모든 기록을 담은 초차원의 정보 집합체를 가리킵니다.

상가

북적이는 상품들이 거리를 배회한다. 사람들은 마네킹처럼 상품들을 걸치고 들고 쓰고 서로의 눈길을 끈다. 문명의 상가가 만든 사람들 상품을 쫓아다니는 그 속에 매몰된 얼굴들 살갗들 머리와 가슴들

상품에 녹아든 영혼들이 바람에 나부낀다 정처 없이
마소가 다니던 길이 문명의 상가가 되었다 그 위에 땅은 사라지고 상품들만 즐비하다 최고의 상품으로 최상의 가치를 치장한 채로 서로의 마음을 사고판다

사람들은 변경된 땅의 가치를 넘나들고 땅의 문명은 변화하면서 가끔씩 하늘을 쳐다본다 바뀐 적 없는 하늘의 뜻은 하계의 까다로운 변심을 꾸짖지만 변화는 지상의 전유물인 양 하늘과 나누기를 거부한다. 영겁의 허물 벗기에도 하나쯤 불변의 문화는 남겨 두어야 하기에…

시작 노트
텍사스 어스틴 도메인에서.

인공지능

아이겐밸류

　무한소의 에너지로 우주에 던져진 메신저들, 전쟁통에 태어난 생명들 바이오 에너지로 진화된 모든 유기 화합물들은 보이지 않는 영들의 반란으로 통제 불능의 모습으로 조형되고 포물선과 지수의 미분이 지시하는 대로 각자 다른 생의 궤적을 그리며 일상의 시계열과 중력의 무게를 이기고 또 이기며 종착지 없이 걷는다.

　이제는 진실이 사라진 무중력의 생을 살아가는 나의 유일한 소망, 생의 함수들이 표현한 매트릭스의 아이에겐 밸류를 찾아 헤맨다. 허수보다는 실수이길 바라는 삶의 무덤 앞에서 다시금 되돌아보아야 할 생의 아이겐밸류는 아마도 실수와 허수 사이로의 평균회기일까? 아니면 보이지 않는 세상의 뒷면에 허수로만 존재하는 진실의 그림자일까? 메타버스에 담긴 감성을 찾아 떠나야 할 나의 아이겐밸류는 지금 과연 어디쯤에 있는 것일까?

시작 노트
미국 드라마 〈Stranger things〉를 보면서.

놀이터

자본의 낙엽이 삭은 땅에 아이들의 놀이터가
알렉산드리아의 도서관처럼 문명의 박물관에 갇혀 있다

구슬치기의 신경전도 다방구의 감미한 통증도 줄넘기의 아슬한 쾌
감도 이제 아스완의 파피루스에 기록되어 타임캡슐의 방을 맴돈다

욕망의 놀이터에 떨어진 어린 꿈이 땅속을 헤맨다 소리친다 아무
도 없다고 누워 잠든다 악만 남은 괴물의 시뻘건 눈은 오늘도 기자
의 피라미드 신전을 떠돈다

헛것인 양 풍문으로만 전해진 삼각함수의 바닥에 뒤틀려 녹아내린
욕망의 잔해들로 내 어린 놀이터가 피라미드 아래 친구들과 함께
잠들었다 깨우고 싶다 나른한 한여름의 오후처럼

시작 노트
〈이상한 변호사 우영우〉 9화를 보면서.

죽음

새로운 내가 사라진 고요 속으로 환생한다
낯선 도시의 입구에서 알 수 없는 누군가를 기다리듯이 모든 감각
이 사라진 흐린 의식으로 세상 끝에 걸린 거울을 마주 대한다

빛의 거울은 보이지 않는 광채의 호수로 열린 창
감각되지 않는 촉수에 무의식의 나를 느끼며
욕망과 고통이 사라진 반물질들의 떨림 속에서 안식을 누린다

강력과 약력 사이에 존재하는 내 의식의 소립자들은 또 다른 만남
을 기다리며 다시금 있을 생의 테두리를 맴돈다

누군가의 생을 담았던 소립자와의 또 다른 만남을 기대하며

전쟁

인공의 섬에 태어난 혼들의 자율주행이 시작된다
물질로 양분된 그들의 제국은 그늘진 터를 더해 가고 마천루에 투
영된 그들의 본능은 이제 우주에 닿았다

혼들의 본영에서 시작된 전쟁은 땅 위에 영사되고
그로 인해 땅이 겪어야 할 처절한 몸부림은 하늘에 음사된다

영과 육의 전쟁은 빛의 탄생으로 시작되었고
화합할 수 없는 대화들은 수렁에서 늘 흐느적거린다

종교마저 사라진 이생의 주검은 참혹하지만
영들의 전쟁으로 시작된 세상은 어찌 마무리되려나?

가슴에 올린 머리는 불처럼 항상 뜨겁고
이성이 장악한 발걸음은 물처럼 늘 수줍다

고요한 수면 위 검은 파동을 피하려는 고물에서
불과 물의 혼들이 항해할 마지막 길은
진정 무조음의 기이한 파도 소리뿐일까?

인공지능

여자의 일생

시간의 샘물 곁에 서성이는 욕망의 대리자로 태어나 선악의 빗줄
기 피할 우산도 없는 대지의 영혼들에게 산 소망의 새 옷 지어 입힐
길쌈하는 태양의 아낙들

길섶 우물 같은 남자 찾아 물동이 진 머리 숙이며
눈꽃 무늬 창연한 치맛자락 바스락거리는 계절들 모아 체념의 강
가에 띄울 환영의 종이배 고이 접는다

여자는 여자로만 살아야 하나 욕망의 그늘에서 지워야 할 이름들
기억들 하지만 여자는 세상 끝을 향해 오늘도 낯선 길을 나선다

그 길의 이름은 생명, 그리고 또 하나의 세상 창조의 의미도 모른 채
잉태한 세상은 천계와 하계의 경계로 태어난 대지의 일생이었다

시작 노트

연로하신 노모를 뵐 때마다 한 사람의 여자로 살아오신 인생의 굴곡들이 마음을 아리
게 할 때가 있습니다. 그 이름만으로도 눈물진 그분도 한 사람의 여자였음을 깨달을
때가 종종 있습니다.

인연

예수를 믿음은
하나님을 알고
말씀을 깨달아
인연의 선물이 되는 것

멀리 있는 인연에
연연해하지 말고
가까운 사람들과
인연의 다리를 만드는 것

예수님 원하시는 것은
주위를 둘러보아
극진한 마음으로
인연의 종이 되는 것

그래서

예수를 믿음은
그분의 마음으로

인공지능

주위의 모든 이에게

삶의 안식이 되는 것

시작 노트

청파교회 김기석 목사님의 말씀을 듣고.

영생

　사랑이라는 감정으로 포장된 영생에의 욕망 메타 감성으로 길들
여진 성체들의 춤 그리고 죽음보다 강렬한 환각으로 맺어진 영생
의 인연 그러나 반쪽이라도 남겨 영생하려는 안타까움은 또다시
반복되고 이성의 알레고리에 드리운 천공의 미소는 합장한 마음을
향하지만, 한쪽엔 덩어리 욕망이 아직 벌건 눈으로 도사리는데 너
어찌 물질의 프로그램으로 인해 알 수 없는 세상을 헤매고 허망한
감정들로 백색의 하루를 물들이느냐?

　덧없이 까만 시간의 연속을 참을 수 없어 임을 외쳐 보지만 설정
한 체액은 아쉬워하지도 않고 기회 잃은 아이들의 곡소리에 귀 기
울이지도 않느냐? 참사랑의 의미는 석굴에 새겨 보아야지 돌림노
래 속에 숨은 역사의 의미는 하나의 삶 속에 촘촘히 기록된 반전의
쾌감일까? 흠향하시는 분의 심중에 드리운 한없는 만족감일까? 땅
위의 것들은 땅의 소산이 필요하지만 넘쳐흐르면 분뇨일 뿐 그러
나 바뀌지 않을 것은 영영 바뀌지 않는단다

　우리 영생의 꿈처럼

추상

기억을 숨 쉬다 마서 버린 사람, 그 사람의 우주
그래 부러진 시간 속에 찾은 하늘, 그리고 운동장
바람에 쓰러진 애수와 함께 드러난 속살들, 기억의
보이지 않는 미소와 거울 속 눈물, 지워진 모든 것들
사색의 거미줄에 걸려든 노래 한 조각, 진한 포도주 같은…

맞아 그 목소리, 반사된 청각들의 모음들, 어떻게
사고의 틀에 잡아 둔 형상들 그랬었어, 바로 그렇게
우주가 흔들리던 순간을 그나마 포착한, 신비한
이게 뭘까 너무 깊이 숨 쉬었어, 취한 것처럼

바이브에 담겨 전해진 너의 목소리, 너의 향기들
이제 그만, 하루도 어느덧 이제 저물었으니, 내려와야지 그런가 봐
우주의 떨림이, 내가 견디기에는 너무 커 그냥 이렇게 맛보며 지나
가야지, 어쩔 수 없잖아

모두 추상이야 내 인식의 경계 넘어 사라질…

시간의 의미

시간이 써 놓은 기록의 흙더미 안에서 찾은
아방가르드[18]라 불린 치환 가능한 시간의 순열과 조합들

아카식 문서 창고에 구겨 넣은 시간의 흔적들과
의미 속의 의미를 찾아 떠났던 머나먼 수행자의 길
그 위에 불붙여 재로 화한 지방 위패의 곡소리 울리고 참사당의 공
간으로 지어 만든 시간의 나른한 영상

너무 먼 과거와 미래는 버리리라 다짐하며
지금이 영원히 사라지는 이 공간이 바로 시간인 것을 너는 벌써 알
아 타종 소리에 귀 기울이느냐?
일천 배 후에야 다시금 나타날 보살의 모습을 찾느냐?

멈춰 버리리라

고막에 남은 소리와 홍채에 남은 잔상들 시간이 잘게 부스러기로
떨어지면 공간도 점점 사그라지지
죽음의 의미도 모른 채 그렇게 매일을 살아왔으니
그러니 어찌하랴 사람을 사람으로만 대해야지.

　　　　　　　　　　　　　　　　　　인공지능

사건의 지평선에서 허무하게 떨어지는 빛 알갱이들의 폭포수 아래에 잠겨 내 허망한 전신을 심연에 버리는 일이 없도록…

---

18   근대 이전의 회전 전투에서 가장 앞 열을 맡는 부대인 전위대를 뜻하는 군대 용어였다가 19세기 말, 예술계에서 전통과 관습 등 고정관념의 해체를 목표로 하는 전위적이고 급진적인 예술의 사조를 혁명기의 급진파에 빗대 아방가르드 예술이라고 불렀습니다. 아방가르드 예술을 '전위' 예술이라고 번역하는 것도 이런 어원에서 나온 것이라고 합니다.

만 가지 세상

그토록 작은 그릇 안에 실은 만 가지 세상이 있었다
땅 위에 공중에 물속에 책 속에 또 기억 속에

아름답고 추하고 야단스럽고 또 너무 고요한
복잡하고 싱겁고 바쁜데 또 느린 세상들

내가 모르고 만든 그토록 많은 세상들은
어디서 무얼 하다 내 마음의 그릇에 조금씩 차올랐나

버리긴 아깝고 그냥 두려니 비좁은 마음 판 세상들
기억의 골목길 사잇길 내어 세상들을 연결해 보지만

끝을 알 수 없는 외길에 들어선 생각은 갈 길 잃고
이제는 싫증 난 오래된 세상들 지나

그래도 다시 찾고픈 세상 하나둘 들춰내어
내일의 세상 다시 하나 만들고파

인공지능

기억의 펜을 들고 하얀 도화지에 그릴

내일의 또 다른 한 세상을 준비하련다

주식

날 저물어 해 지는 얼굴에 피워 낸 한 송이 마음
너울거리는 파도의 발걸음으로 갈 곳 잃은 소망
회한의 머릿결 쓸어내리며 손에 꼭 쥐어 본 그림자들

산과 골 사이 사망의 기운만 뻗쳐 내린 수심에 젖어
작은 그림들 속에 묻혀 있는 큰 그림의 진실을 바라본다

손 마디 사이로 흘러내리는 시뻘건 피의 홍수 속에
내 시대는 아니라고 손 내밀어 애써 잡아 본 시간들
허공에 떠 있는 실체의 조각들

희망과 절망 사이에서 방황하는 조바심을 내려놓고
먼발치 정상으로 향한 척박한 오솔길에 걷는다

인공지능

모래탑

경쟁의 울타리에 존재하지 않는
우리에게 가장 부족한 것 한 가지
이겨야 사는 듯한 소싯적 굴곡진 시간들
그래서 겪어야 하는 좌절의 굴레들

한 곳만 바라보는 좁은 시선의 감옥에
둘 곳 없어 접어 버린 타인들의 숱한 진심들
너희보단 우리를 너보단 나를 위한
욕망의 연못에 그렇게 함몰된 협상의 기술들

온 마을이 키워 내던 아이들 사라지고
생존의 덫에서 눈물 흘린 상심들만 덩그러니
여기저기 또 따로 홀로된 영혼들의
깎이지 못한 암석 같은 날카로운 마음들로
협상은 접어 둔 채 외톨이 눈물로만 저물 하루들

그리 아니 할지라도 매일 행복한 땅거미 거둘 텐데
나이 따라 분주해진 마음에 느림의 의미는 사라지고 자꾸만 흘러
내리는 모래탑 인생

자각몽

고목의 껍질에 부스러기처럼 말라붙은 기억들
아침 햇살로 뿌연 고서의 창고에 침잠하다
문득 꾸었던 새벽꿈으로 소환되어
날카로운 면도날에 베인 시간으로 환생하면

깜짝 놀란 아침을 장밋빛 물감 통에 담아
다가올 추억의 시간으로 빚은 붓 한 자루 가져다
더 이상 볼 수 없는 아련한 얼굴들로
아직 마르지 않은 기억의 도화지를 덧칠한다

현실보다 진한 너의 목소리, 너의 그림자
세포에 전해진 떨림, 어린 촉감에 감각된 살결
태양보다 선명한 복도에 걸린 기억들과
함께 낙서한 도화지의 호흡들, 웃음들

우리 함께 나눈 토템을 찾아 던져 버리고
아무도 바꿀 수 없는 기억의 금고를 지키려
새벽녘 자각몽 속 기억의 캔버스를 덧칠한다
캔버스 위의 얼굴들이 또다시 사라지기 전에

인공지능

초등학교 시절 함께 미술반에서 그림을 그렸던 동생 같은 친구들(이혜영, 음부영)이 문득 꿈에 그 시절과 함께 너무도 생생하게 떠올라 깜짝 놀란 마음에 쓰게 된 시입니다.

능소화

또 그 꿈이었다.

피고 떨어지면 또 피어나는 능소화 같은
오래된 꿈에는 독이 있다고 그만 꾸어야 할 꿈을
누추하게 떨어진 기억의 꽃잎 주워 담아 기억의 책갈피를 채우다
줄기의 갈퀴가 몸에 붙는 것도 잊었다.

능소화 눈부신 자태에 그만 붉어진 눈망울로
차라리 기억의 마당을 쓸어 버려야지 뽑아 버려야지
관아로 끌려가 매를 맞기 전에

그러나 풍매화로 알고 눈멀까 두려워
가까이 손도 뻗어 보지 못했던
어릴 적 보았던

꿈속 그 능소화

　　　　　　　　　　　　　　　　　　인공지능

전갈 한 마리

광막한 텍사스 사막 끝 한 귀퉁이에 쪼그린 전갈 한 마리

세상이 무서워 딱딱한 껍질에 숨어 버린 투명한 몸뚱아리

하이얀 모래 산 아래 충만한 검은 독기로 버티며

홀로 지옥 같은 불볕이라도 마다하지 않는 가련한 수줍음

모진 모래바람 친구 삼아 억지웃음으로 지내 온 나날들

사막 위에 핀 꽃 한 송이 찾아 오늘도 헤매이지만

언젠가 낙타의 발굽에 숨 넘어갈지도 모를

전갈은 전갈로만 행복해질 텐데.

상념

투명한 유리문 뒤로 숨은 족속들이 상념의 꿈을 꾼다 적나라한 꿈
일수록 깊은 잠에 취해야 한다

과거와 현실이 뒤섞인 상념의 유리문을 열고
그들은 보이지 않는 꿈을 미래에 투사한다

작은 게코의 부푼 목덜미가 작은 상념의 다리를 놓더라도 그건 최
고로 비싼 영생을 향한 상념, 묵시와도 같은…

나는 견딜 수 없이 가벼운 놈으로 하나 골라 본다
넘어져도 깨지지 않을 유리구슬 같은

밤하늘의 별처럼 많은 상념의 공간들이 빛을 발한다
그래도 옛 애인의 이름이 붙은 상념의 공간이 제일 비싸다

인공지능

검은 대양

까만 세기의 말초적 쏨쏨이에 타 버린
검은 대양 위에 떨어진 가이아의 눈물 한 방울
붉은 낭만에 침잠해 젖값 없이 마신 소오다 향기의 달콤한 유혹들과

어눌한 솜씨로 빚은 도형들의 무덤 위에
차라리 눈 감아 버릴 생명들의 시꺼먼 자궁
거적때기 한소끔으로는 가릴 수 없는 죄목들과
땅에 패대기칠 딱지 한 장만도 못 되는 법망들

요동치는 주가에 타들어 간 까만 대양이기에
잠잠해진 마음의 눈에 화려한 안경을 씌워도
이제 보이지 않는 생명의 고동 소리 찾을 수 없어
포경선 앞세워 검게 탄 대양을 한없이 누벼도
질척대는 타액처럼 온몸을 감싸는 공허함뿐

너와 내가 함께할 세기의 대양은 이미 사라져
이제 다시금 제국의 욕망이 세운 장벽으로
검은 대양에 수몰되고 말 원초적 욕망들을 멈추어라

행복 방정식

정의: 행복이란 희망을 그리는 상태에서의 좋은 감정으로 심리적인 상태 및 이성적 경지 또는 자신이 원하는 욕구와 욕망이 충족되어 만족하거나 즐거움과 여유로움을 느끼는 상태, 불안감을 느끼지 않고 안심해 하는 상태(국어사전).

부명제 1: 생존적 행복 = 욕구(0-100) × 50% + 욕망(0-100) × 50%

증명: 욕구는 생존의 필수 조건이고 욕망은 생존의 충분조건이니 욕구가 없으면 생존할 수 없으므로 행복을 느낄 수 없고 욕망이 없으면 삶의 목표가 사라지므로 생존의 의미를 느낄 수 없다. 그러므로 행복을 느끼기 위해서는 둘 다 반반씩 필요하다. 즉, 욕구와 욕망이 동시에 채워져야 생존적 행복이 충분히 이루어진다.

부명제 2: 질적 행복 = 즐거움(0-100) × 25% + 여유로움(0-100) × 25% + 안심(0-100) × 50%

증명: 즐거움과 여유로움은 상호 관련성이 있으나 안심과는 독립적이므로 따로 생각해서 결정할 수 있다. 즐거움과 여유로움이 없으면 행복하지 않고 둘 다 동시에 만족스러운 상태에 있을 때만 행복하므로 즐거움과 여유로움은 둘 다 행복의 필요조건이다. 그

인공지능

러나 즐겁고 여유롭더라도 걱정이 있다면 행복할 수 없다. 그러므로 안심 또한 행복하기 위한 필요조건이다.

명제: 행복 = 생존적 행복 × 50% + 질적 행복 × 50%

증명: 행복은 생존과 삶의 질이 둘 다 만족되어야만 가능한 상태이다. 즉, 생존이 없이 행복을 느낄 수 없고 삶의 질이 낮아도 행복할 수 없다. 생존적 행복과 질적 행복은 각각 행복의 필요조건이지만 행복하기 위해서는 두 가지의 행복이 만족되어야 도달할 수 있으므로 둘의 합이 행복의 충분조건이다.

나는 지금 욕구와 욕망이 모두 충족되지는 않았지만, 와인 한 모금으로 즐겁고 하루 일을 끝내고 12시까지는 아직 네 시간이 남아 여유로운 상태이다. 가족이 뿔뿔이 흩어져 살고 있어서 잘들 지내는지 걱정과 불안감은 있으나 내 심신이 스스로 그리 불안하지는 않은 상태이다. 그럼 나는 행복한가?

생존적 행복 = 욕구(80] × 50% + 욕망(70] × 50% = 75%

질적 행복 = 즐거움(25] × 25% + 여유로움(80] × 25% + 안심(-50) × 50% = 20%

행복 = 75 × 50% + 20 × 50$ = 47.5%

그러므로 나는 확률적으로 약 50%만 행복하다. 나머지 50%를

채우기 위해 나는 그리스도를 의지한다. 나머지 50%를 위해 내가
할 수 있는 일이 아무것도 없으므로…

인공지능

롬 109

우리의 나 된 것과 생물 된 것은 이미 진화심리학적으로 알게 되나니 DNA에 영생의 의미로 조각된 잔인과 공포와 탐욕과 희생을 아직도 스스로 보지 못하느냐? 그중에 최고는 희생이니 나머지는 집단에서 살아남기 위함이나 희생이 없으면 집단을 이룰 수 없으니 더 큰 집단은 더 큰 희생이 필요하고 이를 위해서는 종교적 믿음이 반드시 필요하느니라

즉, 하나님의 집권이라. 그러니 큰 집단에서 자신의 DNA를 오래도록 남기고 이웃과 평화롭게 삶을 영생하고자 하는 자들은 믿음이 필요하나니,

네가 만일 네 입으로 예수를 주로 시인하며 또 하나님께서 그를 죽은 자 가운데서 살리신 것을 네 마음에 믿으면 구원을 받으리라. 사람이 마음으로 믿어 의에 이르고 입으로 시인하여 구원에 이르느니라[19]

---

19   로마서 10:9-10.

영아

영아의 세계는 단조롭다 투명하다 원초적이고 태초적이다 그래서 시립도록 아프다 왜 시간은 인성의 편이 아닐까?

왜 투명한 눈과 입술이 동태의 그것들로 왜 시간의 때가 시간의 비누보다 진한 걸까? 나는 너의 편이고 싶고 너와 살고 지픈데 너는 나를 밀쳐 너의 계곡 낭떠러지에서 망쳐 놓았구나 너는 알지 못했던 진통으로 나의 통각을 깨우고 세상의 비웃음으로 나를 벽장에 가두었구나

너의 깊은 계곡에서 마른 뼈라도 추슬러 정상으로 올라가 너에게 묻고 싶다 왜, 무슨 이유로 내 눈의 투명을 흐리고 내 입술에서 "안녕"을 빼앗았는지. 이제 무엇으로 누구에게 의지하여 영아의 혼을 되찾아 내 빼앗긴 인성을 회복할 수 있는지…

시작 노트

어느 여름날 시장에 갔습니다. 거기서 옥수수를 고르고 있을 때 옆에서 과일을 고르던 어느 아주머니의 카트에 타고 있던 3살쯤 된 영아가 "안녕." 하고 인사를 건넸습니다. 아기 엄마의 눈치를 보면서 저는 "안녕." 하고 인사를 되돌려 주었습니다. 눈치 보지 않고 사람이 좋아 누구에게나 인사를 건네는 아이와 혹시 이상한 사람 취급은 받지 않을까 생각하며 아이에게 겸연쩍게 인사를 되건넨 나의 모습은 천지가 먼 만큼이나 다

르게 느껴졌습니다. 무엇이 우리를 이토록 갈라놓았을까 잠시 생각하면서 얄궂게도 떠오른 생각은 애꿎은 시간이었습니다. 시간의 때가 시꺼멓게 끼어 있는 내 마음을 들킨 듯하여 서둘러 자리를 피하면서 느낀 생각을 시로 적어 보았습니다.

위로

춤추는 생명들이 쌓아 올린 DNA의 거탑을 송두리째 집어삼키며
지난 시간은 잊은 채 그저 생존의 종으로 살아가는 내 모습은

시공을 함께 오래 공유한 자들이 느껴야 할 고통만 남은 생의 끝자
락에서 아직 남아 있을 삶의 불씨를 찾아 부릴 수 있는 여유가 남아
있을까?

매일이 코미디가 되지 않도록만 기도하려는 무릎에
어떤 의미를 부여해야 목메이지 않을지를
눈을 감아도 마음에 부는 바람 소리에 실어 보내며
흐느낄 줄은 알아야 한다고 되내이자

세월이 깎은 얼굴에 분함은 없어야 한다고 내 등을 어루만지며 눈
감아 보자

아직은 어두워지지 않은 밤거리가 저만치 바다의 잔물결처럼 고단
한 발등을 위로하므로…

인공지능

푸른 주검

갈라진 땅 새 삐죽 나온 푸른 싹 주위의 아지랑이
내 어린 시절 꿈을 생환하여 포근하고 따사로우나
생명의 빛바랜 희망이 가슴에 쓰려 눈물 한 방울로 목축여이고

텍사스의 여름 노을 아래 얼어 버린 땅거미에 혹여 사라질까 두려
워 두 손으로 내 차가운 방에 데려다 누이나 아침에 주검으로 화려
하게 깨어난 몸뚱이에 다시금 떨어뜨린 눈물 한 방울

가이아의 품으로 돌아간 그 영혼 못내 아쉬워
본향으로 돌아가 다시 찾은 북극의 집 귀퉁이 양지바른 곳에 심은
파아란 싹 그날의 겨울 열기에 다시 고개 숙이며 들려준 이야기

살 곳은 이제 없다. 그저 만들어 가야 한다. 살아 숨 쉴 틈으로 갈라
진 땅을 메우고 어지러워진 바람을 잠재우러 높은 산에 한 번 올라
가 아래를 보자

우리 만들어 놓은 차갑고도 뜨거운 땅의 변덕을 이제 목 놓아 잠재
우리

성장

백지에 써내려 간 성장의 뒷배는
희락이 설 곳 없는 검은 땅 아지랑이
상태의 미분으로 지탱한 버팀목인가
고통으로 적분한 거친 돌짝밭인가

영원 같은 실타래를 낱낱이 약분한들
무릎까진 생채기들의 분모를 통분한들
방정식의 실근을 도무지 알 수 없고
어렴풋한 허근만 그믐달 아래 흐릿한데

나이테에 새겨진 성장이라는 함수는
해집합을 알 수 없는 신비의 현실이요
시간과 고통의 두 점근선을 가져다가
자아의 세상에 한껏 펼친 기함수라

인공지능

꽃

꽃은 나비를 항상 처음 본다
시간이 헤진 기억의 뒤편엔
나비가 남긴 향기만 떠돌므로

꽃은 슬픈 향기만 간직한다
기쁨이 머무는 찰나의 시간은
숱한 이별로 매일 지워지므로

꽃은 영원 같은 기다림을 꿈꾼다
다음 만남의 기쁨까지를 참음은
영원으로도 그 순간을 지우기엔 벅차므로

벽장

좁은 방 벽장 속은 아늑하다 밤새 내려도 폭우의 광기에 겁먹지
않으므로 아늑하다 짙은 밤이 포위해도 두렵지 않은 벽장은 포근
하다 따뜻하다

가끔은 답답하다 나가지 못하고 갇혀 있다 생각하면 누가 밖에
서서 지키고 있을까 봐 무섭다 벗어나고 싶다 대소변도 봐야 하고
쌓인 욕구들도 분출해야 하고

좀 더 큰 벽장은 없는 걸까 다리 쭉 펴고 누울 수 있는 잠도 잘 오
고 자장면도 시켜 먹을 수 있는 그런 그래서 나갈 필요 없는 벽장
두 사람이 써도 땀내 안 나는

불행히도 그런 벽장은 없다 설사 있다 해도 나에겐 어울리지 않
는다 발은 요령껏 펴고 잠은 설잠으로 자주 자고 쌓인 욕구는 스스
로 자위하고 인기척 없을 때 화장실도 급히 다녀오면 된다

벽장을 떠나면 차 소리에 잠 못 자고 시계가 울리면 일어나야 하
고 모르는 사람들의 잔소리를 들어야 하고 가끔은 일하기 싫어 발
버둥 칠 거고 가끔은 싸움질도 할 거고

인공지능

그래 역시 나는 벽장 체질이다. 그게 제격이다 자 이제 내 몸 사이즈에 맞는 벽장에 스스로를 매몰시키자 그 속에 파묻히자 행불행이 나를 쥐락펴락하지 못하게 스스로의 목소리와 대화하고 내가 좋아하는 꿈만 꾸며 살자

세상

우리는 그대로 세상이었다.
세상 속에 살고 있는 또 다른 세상들
이제야 세상 속 세상들이 보인다.
한 번도 본 적 없는 수많은 세상들

영겁의 시간 속에 응축된 나의 세상이
알 수 없는 타인의 세상 속으로 걸어 들어간다.
그때 나는 환상을 본다.
전에 본 적이 없으므로 느끼는 신비한 환상

그 환상에 매료되어 문 저편을 두려워하지 않는다.
그래야 세상과 세상이 만나고
내 세상이 좀 더 창작될 수 있으므로…

그러나 그 세상 속에 들어가서야 알아차린다.
세상들은 그리 다르지 않다는 것을

하지만 엄연한 사실은
단 하나의 세상도 다른 어떤 세상과 같지 않다.

인공지능

그렇게 우리는 함께 세상을 만들었고 지금도 만들고 있다.

우리들이 없이는 이 세상은 누구의 인식에도 존재하지 않는 것이
므로…

시작 노트

영화 〈Mortal〉을 보면서.

기억

사랑과 존재를 부정하는 그녀들의 목소리 그들의 웃음소리 원망과 희망을 삼켜 버린 인식의 저편에서 밀려오는 환청 같은 만남들 이별들 고통과 희열을 섞어 버린

그래서 나는 사라지고 타인의 방만 전전하는 내 인식의 경계가 이미 사라진 생의 역린 기억을 건드리지 마라 가져가지 마라 나의 소리 없는 사망 신고를 듣긴 싫타

또다시 태어나는 자꾸만 새로이 끝도 없이 세상 속에서 사라져야 할 내가 이미 가진 것을 다 토해 내고 모은 주머니를 털어 내야 하는 기억의 환청 기억의 비명

무소유로 돌아가 가족도 자산도 모두를 묻고 그래서 내가 땅이었음을 인지할 돌아가야 할 시간임을 나는 그저 기억의 덩어리임을 알려주는 육체의 시한폭탄

기억이 바로 나이고 나는 그냥 기억임을 겸허히 인정하라 그 속에 침잠하라 내가 나인 것을 알 때가 지나기 전에 나를 온전히 만끽

하고 그래서 기억 속에서 내가 사라지기 전에 사랑을 묻어야 한다
그래야 한다.

시

경이로운 세상이 펼쳐진다.
한 폭이 안 되는 흑백의 세상이
천연색 사진보다 아름답다.

딱딱한 고체 덩어리 같던 화자의 생각들이
생의 온도와 압력에 녹아 까만 액체가 된다.
마침내 끈적끈적한 진액이 된 잉크액은
출판의 열기를 받아 끓기 시작한다.

결국 기체로 타올라 여기저기로 퍼진 글들은
화자와 독자만 아는 땅에서 비가 되어 내리고
여물지 않은 독자들의 씨앗을 발아시킨다.

고통 슬픔 희락 기쁨 경악의 씨앗들이
얽히고설켜 무채색 나무로 커간다.
나무에 암호를 서각 한 이의 땀과
그 암호를 해독하는 이의 땀이 서로 범벅이 된다.
그러나 그 땀은 시원하다.

인공지능

큰 산 정상에 올라 경이로운 세상을 대하듯
한 폭이 안 되는 흑백의 세상이
천연색 사진보다 아름답다.

몸

아이를 안을 때
나는 내 몸을 안는다.

나는 친숙한 내 몸보다 더 친근한
아이의 등을 보듬는다.

내 몸에서 피 흘려 떨어져 나간
내 육체의 일부를 다시 찾는다.

그러나

젊었던 도피자의 고통이 각인된
아이의 의식을 멀리하고 파고

늙어 버린 위선자의 피가 흐르는
아이의 심장 박동 소리에 몸서리친다.

그리고 부정했던 생의 상처가 투영된
아이의 두 눈을 두려워한다.

　　　　　　　　　　　　　　　　인공지능

하지만 또한

자궁 속 아이의 희미한 발길질에
생이 주는 첫 희열을 느낀다.

오래전 한 몸이던 아이의 몸을 감싸 안고
생의 마지막 안식을 누린다.

물보다 순결한 아이의 영혼을 통해
세상 끝 구원을 본다.

그리고

그 사라진 시간을 상상할 수 없는 아이의 모습 속에서 멈추지 않을
생의 달콤한 고뇌를 직감한다.

하루

하루 그 생의 나른한 연결고리에서
편미분된 감정의 소용돌이 마주하고
눈물과 미소로 얼룩진 머리털 가다듬으며
관조의 항아리에 한 송이 백합화를 꽂으리

대지 그 풍만한 젖가슴에 파묻혀
고혈로 마른 엉덩이 붙일 곳 찾다가
쉰내 나는 한숨으로 찢어진 마음 움키며
환각의 유리창 통해 멀어진 구름을 바라보리

하늘 그 그리운 얼굴들의 바다에서
산호 같은 기억의 노을들 건지며
저녁상에 깃든 어릴 적 반찬 내음에 취해
유희의 구슬에 영겁의 시간을 새기리

인공지능

캐년

낯선 성벽에 투영된 하루가 흐려지고
멀리 떠난 여행 같은 무지개 웃음 찾아들면
칼날 같은 어둠 좀비스레 땅속에서 올라와
시온 캐년을 떠도는 코요테처럼 울부짖는다

마음에 뚫린 허술한 기회를 포착한 야수는
사냥꾼의 화살촉처럼 과녁을 뚫고 지나가며
오늘도 못다 한 사랑의 후회를 쓰러뜨리고
내 마음 판 시간의 흔적들을 긁어내리다

후회인지 허탈인지 모를 기억들을 헤매다
창고 속 박스에서 찾은 야상곡 하나 덩그러니
아침 태양 아래 놓인 차 한잔에 살포시 녹여
찬바람에 하나둘 떠오른 얼굴들과 마주한다

시간이 약속했던 행복의 방랑을 끝내고
다시금 쳐다본 하늘의 굵은 동선을 따라
정처 없이 구름의 그림자를 쫓아 가다가
사랑도 후회도 없을 캐년의 성벽에 기대어 본다

신전

이미 온통 조각된 세계에 맞출
한 조각 퍼즐 쪼가리로 태어나
세상의 경계가 토해 낸 나를 바라보며
씁쓸한 웃음으로 대하는 투명한 창들

삶과 죽음의 유리관을 관통한
허무한 욕망의 진실들과
그 진실들의 원형을 문지방처럼 넘나든
보들레르의 시 한 줄에 취해 허우적인다

취기가 가신 후 아차 싶어 돌아본 삶의 궤적엔
나인 척하며 살아온 나는 보이지 않고
낯선 타인으로 우두커니 선 한 사내만
회리바람 이는 골목길에 덩그러니 남아

음란한 뒷모습과 거룩한 앞모습 사이
어딘가를 가리키며 삶을 모독한 그 손가락 앞에
발가벗어 추운 살덩이로
배 내밀고 힘껏 맞서 보다가

인공지능

결국 주어진 매일을

성냥 한 개비로 꺼지지 않도록 무한히 데울 수밖에 없는 우주의 핏

덩이 영혼임을 알고서야

가없는 신전의 성벽 앞에 조아려 머리 숙인다.

미소

차양 아래 가려진 흙색의 땅에
쐐기풀처럼 솟아오른 태양의 깃발들
슬픈 눈물로 어두운 그림자만 밟으며
통한으로 점점이 이은 소망의 실타래들

아침 이슬에 핀 백합화 저물기 전에
구타로 터진 입술 아물기 전에
핏빛 꽃잎으로 땅에 떨어져
혼불처럼 타오른 천년의 염원들

차라리 아무 일도 없었던 듯
애초에 그런 일은 없었던 듯
통각으로 저린 얼굴 역사에 묻어 버린
태양도 부끄러운 하늘 아래 그 미소

혹여 우리 가슴에 못 박을까 봐
혹여 시린 마음에 눈물지을까 봐
온몸 짓누른 바위 같은 고통과
빠진 손톱의 쓰라린 아픔도

인공지능

선물받은 손가방인 양 양손에 붙들고
세상의 빛으로 온 것도 알지 못한 채
구름 되어 사람들의 가슴으로 떠난
만년 동굴에 조각된 하늘색 미소

시작 노트

디지털로 복원된 유관순 열사의 미소를 대하고.

삶

살아 있음을 알지만
지금 살아 있는 나를 깨닫지 못하고

사랑의 감정을 기억하지만
지금 마음에 아무도 존재하지 않으며

가슴 뛰는 노래가 들려와도
타인의 눈 때문에 춤추지 못하고

꽃잎 한 떨기 곁을 스쳐도
그 냄새에 취할 줄 모르며

눈물진 슬픔에 마음이 아파도
당장 전화할 친구 하나 없고

한밤중 빗소리와 더불어
하얀 밤 지새워 본 적은 더욱 없으며

감동적인 영화를 보아도

인공지능

눈물 흘릴 줄 모르고

미안한 마음이 들어도
바로 손 내밀어 용서 구하지 못하네

사랑하는 마음에 가슴이 터져도
사랑한다 한마디 말 못 하고

찰나의 시간에 표출될 나를 위해
영원 같은 시간을 인내하지도 못하며

영원히 살 것처럼 살다가
결국 한 번도 살아 보지 않은 듯 죽음을 맞이할

그대 오늘 잠에서 깨어나
나와 함께 하루를 평생처럼 살아 보지 않으려오?

시작 노트
어느 무명의 시인이 남긴 시에서 영감을 얻은 시.

내 얼굴

시간이 늙어 해 저문 내 얼굴
추상에 목말라 태운 세월들
비 맞은 마음에 부스러기 옷 입고
두려운 아침 거울 보며 다시 맞을 새 하루

굽은 허리에 영롱한 이슬들과
느린 걸음에야 선명한 성산들
가녀린 손마디에 따가운 풀잎 물면
쌉쌀한 단물에 녹아드는 어린 시절

허물어진 성에 기댄 시간의 허리춤에
다시금 휘감아 둘 천년의 추임새로
안개 낀 눈동자에 멀어진 세상 속
삭혀진 시간으로 가까워진 내 얼굴

인공지능

문양

하늘 향해 열린 창문으로 들려오는
땅 위 세상에 편만한 새 문양의 소식들
전설 속 고대의 문양들을 이기고
쑥부쟁이들처럼 마음에 소란한데

홍두깨에 짓눌린 수타의 탄성처럼
압착기 스프링의 축적된 에너지처럼
창조의 고통으로 새운 후세의 중흥은
한여름 땡볕에 비명처럼 들려오고

사람 냄새 찾아 나선 어린 시절의 고픔도
저 통음한 산골짝 노인의 헛기침에
집으로 하나둘 아이들처럼 흩어진
하늘 아래 아득히 높다란 문양의 세월

눈

탐미적 혈기로 가득한
세상 빛의 심미적 조리개
순결의 월광으로 태어나
욕망의 야광으로 타오르는

눈

내 안의 고통과 허무
희락과 염원의 거울
내면의 형상을 대변하고
외연의 계절을 바꾸는

눈

천지 심해에 가득한
물상들과 조우할 통로
진리의 보좌를 꿰뚫고
우주의 끝단을 보게 될

인공지능

세상에 존재하는 단 하나

눈

떨어진 꽃이 더 아름답다

꽃은 나를 늘 보고 있었지만
나는 꽃의 존재를 몰랐습니다

어느 날 꽃의 존재를 알아차리고 우두커니 보았지만
꽃의 아름다움을 눈치채지 못했습니다
꽃은 꽃이고 나는 나였으므로
가까이서 그 향기에 취해 보지 못하였으므로

꽃을 찾는 그들은 나의 먼 친척이었고
그 자태에 눈물 흘리는 자들은 이국의 타인들이었죠

삶의 고배를 마셨던 어느 날 우연히
꽃을 다시 보았습니다
그러나 꽃은 이미 시들어 송이송이 땅에 떨어진 채로 마지막 남은
향기를 뿜으며 속삭였습니다

내가 땅에 떨어져야 또 다른 꽃들이 피어난다고
당신이 마신 그 고배가 언젠가는 기쁨을 주리라고

인공지능

그날 나는 진실을 알게 되었습니다

떨어진 꽃이 더 아름답다는 것을

바람이 분다

바람이 분다
바람에 데인 내 살이 타고 내 코가 썩는다
역병의 바람은 한밤의 도둑처럼 칼의 냄새도 없이 찾아온다 발자
국도 없이 다가온다

마음에 묻어야 할 역병의 흔적들을 아파하고 담 넘어 비린 곡소리
요란하니
바람 속을 거닐며 함께 사라질 희망 향해
손 한 번 뻗어 본다

다시금 기뻐 맞을 내일을 기약하며

시작 노트
COVID를 겪는 어느 여름날….

4부

자유로운 영혼을 위한
사색의 거리

인공지능

Robot

Angled borders appear in time and disappear into black and white in a circle.

The wounds sewn with polymorphic artificial threads dazzle me with the unhealed fluorescence color.

It rises on its own with an electromagnetic force and tries to join a world dominated by dynamics.

Then, the resigned past is now the future and shakes the realities.

Born with facts hanging in the air, they are likely to come down to the ground one by one.

I think not yet, but already occupying newborn countries, Fairy-tale creatures come down to the earth and spread over horizon, cover the sky.

Wearing an unrecognizable husk, passing through the Uncanny Valley, now standing by and asking, "who am I?"

"You and I are the product of optimization," claiming that we are living things that are no different.

While I'm writing down the meaning of symbiosis in my diary, will there be a day when this unfavorable feeling would be but an old-fashioned ideology?

바야흐로 인공지능의 시대입니다. 위에 소개한 「Robot」이라는 영시는 필자가 쓴 로봇이라는 시를 구글의 인공지능 번역기를 거쳐 만들어 본 시입니다. 문학은 우리에게 휴식과 삶의 새로운 에너지를 제공합니다. 그래서 문학은 특

정 집단을 위한 장르라기보다는 우리 모두를 위해 존재합니다. 평소 시를 즐겨 쓰고 다음 시집 발간을 준비하면서 미래에 다가올 새

로운 형태의 문학에 대해 생각해 볼 기회가 있었습니다. 바로 인공지능 시대의 문학에 대한 소회입니다. 인공지능이 또는 인공지능의 도움을 받아 쓴 시가 과연 시로써 인정받을 수 있을까요? 나아가 인공지능의 시대에 우리는 어떤 믿음으로 살아갈 준비를 해야 할까요?

얼마 전 카카오브레인이 미디어아트 그룹 슬릿스코프와 함께 시 쓰는 AI 모델 'SIA(이하 시아)'를 개발하여 지난 8월 8일 시아의 첫 번째 시집『시를 쓰는 이유』를 출간했다고 합니다. '시아'는 카카오브레인의 초거대 AI 언어 모델인 KoGPT를 기반으로 시를 쓰는 AI로, 1만 3천여 편의 시를 읽으며 작법을 익혔다고 합니다. 주제어와 명령어를 입력하면 '시아'가 입력된 정보의 맥락을 이해하고 곧바로 시를 씁니다. 슬릿스코프는 1만 3천여 편의 시를 수집해 카카오브레인의 KoGPT 모델에 추가 학습시켜 '시아'를 개발했으며, 다양한 시제로 시를 생성해 다듬고 최종적으로 53편의 시를 선정하는 역할을 담당했다고 합니다.

카카오브레인이 개발한 한국어 특화 초거대 AI 언어 모델 KoGPT는 60억 개의 매개 변수(파라미터)와 2천억 개 토큰(token)의 한국어 데이터를 바탕으로 구축됐으며 한국어를 사전적, 문맥적으로 이해합니다. 시아의 바탕에는 구글에서 개발한 TPU(Tensor Processing Unit)라는 인공지능 형성 시스템이 있습니다. 김일두 카카오브레인 대표는 "시집 출간을 통해 KoGPT의 무궁무진한 예술적 가능성을 확인할 수 있었다."며 "앞으로도 카카오브레인의 초거대

Théâtre D'opéra Spatial, Award winning artwork created by Jason Allen. Midjourney AI 로 그린 그림.

AI 모델이 활용될 수 있는 다양한 문화 및 예술 분야에서의 접점을 지속 탐색할 계획"이라고 밝혔습니다.

인공지능 분야의 또 다른 획기적인 발전으로 소개하고 싶은 것이 인공지능 이미지 생성기입니다. 단어를 입력하면 이미지를 만듭니다. 최근 CNN에서는 미국 '콜로라도 주립 박람회 미술대회'의 디지털아트 부문에서 게임 기획자인 제이슨 M. 앨런이 AI로 제작한 작품 '스페이스 오페라 극장(Theatre D'opera Spatial)'이 1위에 올랐다고 보도했습니다[1]. 미리 준비된 틀에 맞춰 찍어 내는 것이 아니라 작성한 단어에 맞춰 다양한 스타일의 이미지를 그려 내는 것이 놀랍습니다. 디테일에서 아쉬운 면도 있지만, 의도한 것에 가까운 이미지를 만듭니다. 이미 시장에는 다양한 AI 이미지 사이트가 있지만 그중 가성비가 좋은 사
이트 중 하나로 Mid Journey[2]가
있습니다. 저 또한 재미로 등록하
여 사용하다가 지금은 유료 서비
스를 사용하고 있습니다. 아래 간
단한 명령어를 사용하여 직접 제
작한 로봇 이미지를 소개합니다.

명령어: "/imagine red levitating robot toy, funny, cute, big funny eyes, Pixar style, octane render 3d, unreal engine, concept art illustration"

주위에는 이미 Mid Journey를 사용하여 자신이 작성한 줄거리와 인공지능 이미지로 제작된 웹툰을 출판하는 분들도 있습니다. 잡지 회사들은 커버 페이지나 칼럼을 뒷받침할 만한 이미지를 인공지능으로 그려 삽입하기도 하고 학교, 공공기관 할 것 없이 비싼 프리랜서를 쓰기보다는 저렴하면서도 저작권 문제가 없는 고품질의 인공지능 이미지를 쓰기 시작한다는 기사도 있습니다. 가히 혁명적인 변화라 아니할 수 없습니다.

이러한 변화를 생각해 볼 때 과연 공들여 쓴 시를 편집하고 시집을 출판하는 것이 얼마나 의미가 있을까 하는 생각을 개인적으로 해 보았습니다. 시애틀에서 시인으로 활동하시는 지인께 고민 상

인공지능

담을 받다가 마침 허희라는 문학평론가의 블로그[3]를 접하게 되었고 함께 나누면 좋을 거 같다는 생각에 축약해서 나누어 봅니다. 우선 인공지능이 출판한 『시를 쓰는 이유』라는 시집에 실린 시 두 편을 부분적으로 소개합니다.

공간 기억

빛을 구부려놓은 벽과
빛을 구부려놓은 의자와
그 사이에 낀 테니블

빛을 구부려놓은 창과
빛을 구부려놓은 액자와
그 사이에 킨 커튼
:
사람을 구부려놓은 벽과
사람을 구부려놓은 테니블
그 사이에 낀 의자

사람은 의자에 앉느다
창은 애자 속에 갇힌다

빛을 통과시키고 싶었던 의자
빛을 가두고 싶었던 창

이 시에서 허의 씨는 시의 후반부에 빛 대신 '사람을 구부려놓은' 형상을 발화하여 공간 기억에 인간이 틈입할 여지를 남겨 놓았다고 평가합니다. 즉, 사람 또한 공간 기억의 주요 요소가 된다는 점을 부각하는 표현이라는 것이죠. 그러나 시를 읽어 보면 인공지능이라고 해도 결국 기계가 지은 시이니 인간미가 없는 거라고 내면 풍경이 부재하고 자기 서사가 텅 비어 있어 시로서는 부족하다는 의향을 피력합니다. 그러나 다음의 시는 어떨까요?

오래된 집

나는 오래된 집에 산다.
생나무를 때던 아버지가 돌아가신 후
이렇게 튼튼한 나무들 사이에서
이제는 주인을 잃어버린 집
:
지붕의 이끼는 매년
풍화하는 것일지도 모른다
술을 마시며 아버지는 자주
바람 속에 나무의 나이테가 없다고

노래하셨다

내가 이 집에서 가장 좋아하는 계절은
겨울이다
겨울엔 누구나
집 안에 있기 때문이다
:
이 집에 살면서부터
나는 점점
집이 되어간다

　이 시에서 허의 씨는 아버지를 잃은 뒤 그의 부재를 환기하는 '나'
의 독백에서 독자는 쓸쓸한 내면 풍경을 읽어 낼 수 있다고 했습
니다. 그리고 '나는 점점 집처럼 되어간다'는 '나'로 이어지는 가족
의 계보와 연관된 시적 주제의 자기 서사를 유추할 수 있다고 하면
서 인공지능이 쓸쓸한 내면, 자기 서사 운운하는 것이 어불성설이
겠지만 시아라는 인공지능이 창조한 시에는 분명 인간학적 행간
을 독해할 만한 요건들이 깔려 있다는 것은 사실이라고 주장합니
다. 마지막으로 허의 씨는 재미있는 제안을 합니다. 한 100년쯤 미
래에 가서 오늘을 바라본다면 어떨까 하는 것이죠. 그때쯤 되면 작
금의 시대를 돌아보며 고독하고 숭고한 예술혼을 지닌 인간만이
시를 써서 등단하고 시집을 묶은 최후의 세기로 기록될지도 모른

다고 말이죠. 그러면서 이때를 '한국 인공지능 시의 태동기' 쯤으로
이름 붙일 수 있을지도 모른다는 말을 덧붙입니다.

그렇다고 하더라도 인간은 과연 시 쓰기를 그만두게 될까요? 알
파고와의 경기에서 졌다고 바둑계를 떠난 이세돌이 남은 평생 바
둑을 한 번도 두지 않을 것이라는 상상과 동일한 질문이라 생각됩
니다. 우리는 '시'를 쓰고 '소설'을 쓰고 '그림을 그리고' 음악을 작곡
합니다. 생활을 영위하기 위해 직업적으로 하는 분들도 있지만 대
부분 문학은 인간이라면 누구나 한 번쯤은 해 보았을 창작 활동이
고 또 인간이므로 할 수밖에 없는 활동임이 분명하니, 인공지능의
창작품이 아무리 뛰어나다 할지라도 인류의 문학 예술 활동은 결
코 멈추는 일이 없을 것입니다.

다만 인공지능이라는 고도로 발달된 기술을 습득해서 자신의 한
계를 넘어 보기 위해 노력하는 사람들이 문학 예술뿐만 아니라 인
간 사회 모든 활동에 전방위적으로 두각을 나타내는 세상이 올 것
임은 분명한 사실입니다. 여기서 인공지능에 의해 주도되고 있는
세상의 변화를 뒷받침하는 기사 타이틀을 몇 개 소개합니다.

1. 공대생이 만든 AI 음악 스타트업 '포자랩스', 프리시리즈 A 투자
   유치 완료
2. AI 자동 영상 편집, '황금알 낳은 거위' 될까?… 관련 스타트업에
   투자 쏟아져
3. 'AI 기반 스포츠 중계 시대'… 스포츠 미디어 산업 대변화 예고

4. 속도 붙는 'AI 의료' 기술 발전… '메디컬 메타버스'도 시야에 들어와

5. '금융권, AI 투자 바람'… 로보어드바이저(RA) 스타트업 성장 가속화 전망

6. '인간과 자연스런 대화 가능한 AI'… 투자 쏟아지는 '대화형 AI' 스타트업들 주목

7. '변호사 3만 명 시대' 법률 서비스 시장 파고드는 '리걸테크' 스타트업들 '활발'

8. AI 기반 개인별 맞춤형 학습 시대 여는 에듀테크 스타트업들… 잇딴 투자 '청신호'

9. 시험도, 면접도, 교재 관리도 '척척'… 불황을 뚫는 K-에듀테크 스타트업들

여기서 이야기의 방향을 바꾸어서 인공지능 시대의 믿음은 과연 어떻게 바뀔까에 대해 잠시 생각해 보겠습니다. 믿음은 견고해야 한다는 가르침에는 의심의 여지가 없습니다. 그러나 세상 모든 것이 바뀌어도 바뀌지 않는 것이 믿음일까요? 예수님께서 이 땅에 오신 후 카톨릭에서 시작한 믿음은 존 위클리프와 마르틴 루터에 의해 주도된 개신교, 칼 뱅의 종교 개혁으로 촉발된 장로교로 변화 발전합니다. 그리고 존 웨슬리의 감리교, 존 스마이드의 침례교 등등, 기독교의 역사를 통해 같은 뿌리를 가지고 있는 수많은 종교와 교단들이 조금씩 다른 가치와 믿음의 형식으로 변형되고

만들어져 온 것은 사실입니다. 극단적으로는 무슬림과 기독교가 아브라함을 같은 믿음의 조상으로 여긴다는 것 또한 잘 알려진 사실이죠.

인공지능 시대에 인간보다 나은 작곡가, 시인, 예술가들이 나오기 시작한다면 인간보다 더 나은 믿음을 가진 새로운 형태의 지능이 나오지 않는다는 법이 있을까요? 만일 그렇다면 그 시사하는 바는 무엇일까요? 한 가지 다행스러운 것이 있다면 기계적 순종에 근거한 믿음을 믿음이라 할 수 없듯이 인공지능이 아무리 좋은 믿음을 가졌다고 하더라도 하나님이 기뻐하지 않으시면 믿음으로서는 아무런 가치가 없지 않을까 하는 게 개인적인 생각입니다. 우리의 믿음이 가치가 있는 것은 우리의 마음 중심에 주님의 임재를 받아들이고 나는 물러나 주님께 우리를 마음껏 써 주십사 드리는 순종의 마음이 있기 때문이겠죠.

그래서 우리는 믿음에 관한 한 특권을 가지고 있습니다. 인공지능에 마음이 없듯이 주님이 그 안에 내주할 수 없을 테니까요. 그러나 특권은 누리지 않으면 아무런 쓸모가 없는 것 또한 사실이죠. 오늘 바로 이 시간 우리의 믿음을 다시 한번 확인하고 믿음의 특권을 누려 주님과 더 한층 가까워지는 모든 성도님들 되시길 기원합니다.

Reference

[1] https://www.nytimes.com/2022/09/02/technology/ai-artificial-intelligence-artists.html

[2] https://www.midjourney.com/home/

[3] https://blog.naver.com/samdoli11/222877068970

모더니즘의 함정

세태에 휩쓸린다는 말이 있습니다. 인간은 사회적 동물이고 사회를 떠나 살 수 없기에 세태에 휩쓸리는 것은 너무나 자연스러운 현상입니다. 〈오징어 게임〉이라는 드라마를 너무 재미있게 본 후, 어떤 기사에서 던진 질문이 마음에 남아 있습니다. "당신은 오징어 게임을 기획한 사람들과 후원하면서 보고 즐겼던 VIP들과 어떤 면에서 다르다고 생각하느냐?"는 질문이었습니다. 오징어 게임은 인간의 원초적 본능 속에 숨어 있는 생존을 위한 몸부림을 그 어느 매체보다도 적나라하게 보여 줌으로써 세상 사람들의 공감과 주목을 받고 있습니다.

우리는 인간이기 이전에 자연에서 생존해야만 하는 생명이기에 아무리 문명이 발전하더라도 약육강식의 DNA가 우리의 무의식 속에 깊이 각인되어 있기 때문이고 오징어 게임은 그 잠재의식을 에두르지 않고 직접적으로 표현함으로써 많은 사람의 공감을 받고 있다는 것이죠. 인간의 지적 능력은 문명의 변화와 함께 발전하지만 인간 본연의 모습은 절대 변화하지 않는다는 씁쓸한 코멘트가 생각나는 대목입니다.

사회의 변화를 상징하는 문명이라는 단어는 우리의 삶과 그 방식, 그리고 수많은 사회 영역에서 한 세대를 정의한다고 하겠습니다. 문명은 언제나 발전하는 방향으로 바뀌는 것은 부정할 수 없으나 그 변화의 방향성에 선과 악의 개념을 더하게 되면 우리는 선택의 기로에 서게 됩니다. 왜냐하면 인간은 사회적 동물임과 동시에 영적인 존재이어서 선과 악의 개념으로 뚜렷이 구분되는 영적인 세상에서 일어나는 현상들을 외면하고 살아갈 수는 없기 때문입니다. 다시 말해 문명은 인간에게 다양한 이기를 선물하며 더 윤택한 삶으로 인도하지만 특별히 주님의 창조 섭리를 믿고 인정하는 성도로서 영적인 문명을 외면하고 사회적 문명에만 기대어 살다 보면 인생의 거대한 파고에 휩쓸려 결국 인생의 파멸을 경험할 수도 있기 때문입니다.

물론 〈오징어 게임〉을 즐겨 보았다고 해서 파멸한다는 말은 결코 아니지만 우리는 무엇이 나로 하여금 세상적인 문명들을 탐닉하게 하고 혹 그 속에 잠재되었는 위험성은 무엇인지 잘 이해하여 취사 선택할 수 있는 영적인 능력을 배양해야 하리라 생각합니다. 즉, 물질 문명적 발전에는 음과 양이 항상 존재하므로 무엇을 배우고 어디까지 선을 그어야 할지에 대한 스스로의 분명한 입장을 가지고 있어야 믿는 자로써 실패하지 않는 삶을 살아갈 수 있지 않을까 생각해 봅니다.

그럼 문명의 발전을 누리되 스스로 준비하여 그 거대한 파고에 숨어 있는 영적인 함정들을 깨달아 믿는 신앙인으로서 성공적인 삶을 누릴 수는 없는 것일까요? 다시 말해 인간 사회의 문명사적 발전 과정에 숨어 있는 영적인 의미를 찾아 알아볼 수는 없는 것일까요? 그 해답을 찾기 위해 문명에 대한 짧은 고찰을 위한 여행을 함께 떠나 보았으면 합니다.

　인간의 문명사를 되돌아보면 잘 아시는 바와 같이 동물과 경쟁하던 원시시대를 거쳐 물질문명이 부흥하면서 인간 끼리의 약육강식과 쟁탈전이 오랫동안 이어져 왔습니다. 세계사를 유럽사에 국한하는 것은 옳지 않겠지만 절대신의 개념이 정립된 세계에서 발생한 문명들을 함께 고찰하면서 문명의 발전사를 잠시 들여다보겠습니다.

　로마에 의한 제국 시기를 지나고 유럽은 중세시대를 거치게 됩니다. 인간의 문명적 발전 단계로 보면 암흑시대라 할 중세시대는 사실상 하나님의 통치를 받아들이는 신정 국가들이 탄생하면서 인간의 원시적 삶의 모습들이 조금씩 문명화되어 간 중요한 단계였음은 의심할 나위가 없습니다. 중세시대를 거치면서 발전한 인간의 사고력은 다음 단계로의 도약을 준비하게 되는데 발전이라는 말이 내포하듯이 변화는 항상 현실을 부정하는 방향으로 이루어지기에 합리적 이성이라는 기치 아래 신정을 부정하는 새로운 문명으로의 탄생을 예고합니다. 바로 모더니즘입니다.

　모더니즘을 간단히 정리하면 일반적으로 세 가지의 중요한 구호들이 떠오릅니다. 그 첫째가 '합리적 이성'이고 둘째가 '이분법', 그리고 마지막이 르네상스로 대변되는 '계몽주의'입니다. 이분법은 옳고 그름, 위와 아래, 본질과 비본질과 같이 세상을 흑백의 논리로 보고자 하는 문명사적 사조입니다. 이 시기는 동양에서도 성리학과 같이 본질 비본질, 적자 서자, 남존여비 등의 사상을 강조하는 이분법적 사상들이 대두된 시기이기도 합니다. 그리고 모더니즘 시대는 동서양을 막론하고 현재의 인간 사회를 잘 설명하는 거대 담론들이 줄줄이 발현되는 시기이기도 합니다.

거대 담론의 몇 가지 예를 들면 헤겔의 변증법, 동양의 음양론, 그리고 유물론 등이 있습니다. 헤겔의 변증법이나 음양오행론 등은 인간의 삶과 사회적 현상을 잘 설명하는 담론들이라 크게 거부감 없이 받아들여지지만, 유물론에 이르면 신앙인으로서 잠시 숨을 고르고 우리가 추구하는 영적인 문명에 과연 잘 부합하는지를 따져 보아야 합니다.

〈관념론과 유물론〉

유물론이 탄생한 배경에는 관념론이 지배했던 중세시대의 문명에서 탈출하고자 하는 인간의 욕망이 존재합니다. 즉 유물론은 관념론과 대립되는 세계관으로 후에 변증법적 유물론, 역사 유물론 등으로 발전하게 됩니다. 여기서 유물론이 과연 어떻게 변화하는지 잠시 살펴보면서 신앙인의 입장에서 주의해야 할 부분이 무엇인지 알아보고자 합니다.

아시는 바와 같이 유물론은 세계의 근원이 물질이라고 보는 입장의 문명사적 논리입니다. 중세를 대표하는 관념론은 종교나 신에 의한 세상의 창조를 주장하고 삼라만상의 근원에는 정신적 존재가 있다는 입장을 취합니다. 즉, 모든 물질은 정신적 근원에 의해 파생되므로 물질보다는 관념이 더 중요하다는 세계관을 견지하고 있습니다.

관념론은 또 주관적 관념론과 객관적 관념론으로 나뉘는데 객관적 관념론은 배후에 우리와 동일한 정신이 존재하고 이러한 정신이 모든 삼라만상의 근원이라는 입장을 견지합니다. 즉, 종교적 태도와 매우 일치하는 입장을 취하고 있으며 플라톤의 이데아에서 출발하여 기독교의 틀을 완성하였다고도 일컬어지는 『성 오거스틴의 고백록』에 이르기까지 인류의 역사에 큰 족적을 남긴 도그마라 할 수 있습니다. 이에 반해 주관적 관념론은 각자가 느끼는 관념만이 진실이며 모든 삼라만상의 근원이라고 규정합니다. 즉 절대적인 진리는 존재하지 않고 모든 상황을 객관화시켜 세상의 진리를 추구할 수는 없는 것이며 우리가 가지고 있는 지각으로 세상을 인식할 수 있는 부분까지만 진실하다는 입장을 견지하여 사실주의의 토대가 되는 세계관입니다.

"나는 생각한다. 고로 존재한다."라고 설파한 데카르트로부터 시작하여 합리적 이성으로 유명한 칸트에 이르기까지, 사실상 과학의 발전에 없어서는 안 될 중요한 도그마라고 여겨지고 있습니다. 사실 중세시대에는 종교적 관념론을 통치자들이 자신의 통지를 정당화하기 위한 장치로 사용했다는 입장도 존재하지만, 종교야말로 인류의 문명과 사상을 한 단계 도약시켰다는 사실은 설사 비기독교인이라 하더라도 누구도 부정할 수 없는 사실임은 분명합니다.

이와 반대로 유물론은 모든 현상의 근원은 물질대사에 의해 설명될 수 있다는 입장을 취하며 과학의 시작을 유물론이라 보는 시각도 있습니다. 즉 신의 영역으로 두고 의지하던 기후나 자연 현상을 좀 더 도전적으로 이해하고 삼라만상의 현상을 설명하기 위해서는 물질의 상호관계를 잘 이해해야 한다는 생각에서 태동한 이념입니다.

유물론적 세계관은 세상을 과학적으로 사고하고 이해하여 자연의 변화에 대응하는 능력을 배양하고 인류의 삶을 풍성하고 편리하게 하는 데 기여한 바가 적지 않습니다. 그러나 유물론에서는 관념조차 뇌의 물질 작용에 의해 생성되는 것이므로 세상 무엇보다도 물질이 우선한다는 입장을 취하고 있습니다. 유물론의 변천사를 이해하기 위해 잠시 유물론과 관념론처럼 확연히 대비되는 두 가지의 또 다른 세계관인 변증법적 세계관과 형이상학적 세계관을 잠시 살펴보겠습니다.

〈변증법적 세계관과 형이상학적 세계관〉

물질과 관념이라는 상호 대립되는 세계관과 더불어 또 다른 관점으로 세상을 바라보는 상호 대립적인 세계관으로 변증법과 형이상학이라는 치열하게 대립하는 두 세계관이 있습니다. 발전과 회귀라는 기본적인 생각의 차이에서 자연스레 잉태된 세계관이라 할 수 있는데 변증법은 시간이 갈수록 세상은 지속적으로 발전한다는 기본적 사고의 틀을 중심에 두고 있으며 모든 것은 정반합의 원리에 의해 변화하고 발전한다고 보는 세계관입니다.

그에 반해 형이상학은 존재의 근본을 연구하는 학문으로 시작하여 세상만사는 원래의 근본 궤도를 바탕으로 반복된다는 세계관을 펼쳐 보입니다. 기독교적 세계관의 틀을 흔들어 보고 싶었던 니체의 『차라투스트라는 이렇게 말했다』라는 저서의 사상적 바탕이 되는 영원회귀론 등이 이에 속한다고 할 수 있겠습니다. 원래 변증법(dialectics)은 수사학에 사용된 기법으로 상대의 말에 숨어 있는 모순을 찾아 자신의 논리의 정당성을 확립하는 수사법이었는데 "너 자신을 알라."라고 설파하던 소크라테스가 주로 발전시킨 수사기법이라 알려져 있으며 사실 그는 수사법으로 주위에 많은 적을 만들면서 사약을 받게 되는 지경에 이르렀다고도 알려져 있습니다.

헤겔은 논리에 숨어 있는 모순에 주목하여 변화 발전의 원동력을 모순으로 보았고 세상의 어떠한 논리에도 모순은 반드시 있게 마련이며 이로 인해 세상은 발전하는 방향으로 갈 수밖에 없다고 보는 변증법에 기초한 철학적 기획을 완성하였던 것입니다. 여기서 잠깐 변증법의 세 가지 원칙을 살펴보면 아래와 같다고 합니다.

1. 대립 몰의 투쟁과 통일 법칙(예: 생명의 원리도 이화 작용(배출)과 동화 작용(흡수)에 의해 이루어짐. 우주의 별도 인력과 척력에 의해 별의 탄생과 소멸을 확립)- 삼라만상의 변화 발전을 가능하게 하는 법칙.

2. 양질 전환의 법칙(크기나 무게가 변하다가 크리티컬 포인트에 도달하면 상(phase)이 바뀌면서 변화 발전)- 사회의 체제 변화도 불만이 쌓이고 쌓이다가 크리티컬 포인트에 도달하면 변혁이 이루어진다.

3. 부정의 부정 법칙(삼라만상이나 세상의 법칙은 자신과 다른 무언가로 지속해서 바뀌면서 보다 진화된 새로운 사물이나 원리를 만들어 낸다.).

 이처럼 헤겔은 형식 논리학이었던 변증법을 삼라만상을 설명하는 철학으로 승화시켰던 것인데 그는 사실 변증법적 관념론 주의자로 변증법 자체가 신이 세상을 창조한 원리로 인식하며 세상이 변화하는 이유는 신이 자신을 세상에 드러내는 과정이라는 입장을 견지했다고 합니다. 즉, 변증법이 태동한 이면에는 기독교적인 사상이 깔려 있고 이때까지만 해도 절대신의 존재가 부정되거나 퇴보될 것이라는 징후는 나타나지 않았다고 할 수 있습니다. 이에 반해 그 이후에 등장한 포이엘 바하는 헤겔의 변증법적 관념론이 가지고 있는 모순을 드러내어 형이상학적 유물론을 제창하였는데 그의 저서인 기독교의 본질에서 "신은 인간이 가지고 있는 가치 이상을 가지고 있지 않다. 인간에게 신인 것은 인간의 정신이며 신은 인간의 내면이 나타난 것이고 인간 자체가 표현된 것이다. 종교는 인간의 숨겨진 보물이 가장 장엄하게 공언된 것이며 사랑의 비밀이 공공연하게 고백되는 것이다."라고 기술했습니다.

즉, 헤겔이 변증법적 관념론자였다면 포이엘 바하는 헤겔과는 다르게 인간의 내면에 숨겨진 본질에 대한 탐구를 하였다 하여 형이상학적 유물론자로 인정받고 있습니다. 이 시기는 탐구의 대상이 신에게로부터 인간에게로 옮겨지는 문명사적 변혁이 일어난 시기라 볼 수 있는데 그의 철학적 기획은 바로 기독교의 근본은 인간에게 있다고 보는 입장을 견지하여 인간의 본질에 대한 탐구를 추구한 형이상학자이었고 세상의 모든 현상은 물질에 의해 설명될 수 있다는 입장을 취함으로써 유물론자로 분류될 수 있습니다.

하지만 기독교는 서양의 특정한 시간과 지역에서 발생한 종교인데 그러한 기독교에서 인간의 본질을 찾으려 했으므로 객관성이 부족하다는 비판을 받게 되었고 후에 마르크스는 그를 역사론적인 유물론자로 보기는 힘들다며 자신이야말로 진정한 유물론자임을 자칭하였습니다. 한 가지 재미있는 것은 역사론적 유물론자들이 르네상스를 유물론의 결과물로 본다는 것입니다. 즉, 평등 사상은 예전부터 이미 존재했으나 프랑스에서 시민 혁명의 형태로 강조되어 르네상스로 승화된 이유는 신분제의 모순에서 발생했다고 주장합니다. 다시 말해, 중세 귀족들이 당시 대부분의 노동력과 토지를 소유하고 있었으나 상공업 계급의 부상으로 노동력 부족과 토지 부족을 해소하기 위해 농노들을 해방해야 할 필요성이 생겼고 이를 위해 상공업자들이 신분제 폐지를 뒤에서 조종했다고 이야기합니다. 즉, 르네상스는 당시 부를 축적하고 있었던 상공업 계급의 입맛에 딱 맞는 논리였으므로 그들이 이를 지원했다는 것인데 역사론적 유물론의 입장에서 볼 때 르네상스는 봉건 영주들과 신진 상공업자들 간의 물질적 이해관계가 충돌하여 발생하였다고 해석되며 모든 삼라만상의 바탕에는 물질 간의 이해관계가 존재하고 이를 이해해야 삼라만상을 제대로 이해할 수 있다는 철학적 기획을 바탕으로 모더니즘의 끝판왕이라 할 수 있는 유물론이 완성되었다고 볼 수 있습니다.

이상에서 보았듯이 유물론이 인류의 문명에 기여한 바가 적지 않으나 중세 이후 인류의 문명은 신으로부터 떠나 스스로의 사고와 이성에 부합한 세계관이 정립되는 방향으로 발전되었다고 할 수 있습니다. 기독교인의 관점에서 보았을 때 인류의 문명은 그 발전 방향이 영적인 문명과는 반대 방향으로 움직이기 시작했다는 것인데, 생물학적인 관점에서는 지극히 당연한 귀결이지만 인류의 문명을 보수와 진보의 입장에서 생각했을 때 보수의 바람직한 가치는 모두 버리고 삶의 편리함과 안락함만을 발전시키고자 하는 진보적 가치로 도배된 세상으로 변화되고 있었다고도 볼 수 있습니다. 모더니즘 시대를 풍미한 거대 담론의 또 다른 예를 들자면 아담 스미스의 보이지 않는 손(경제), 마르크스의 자본론에 등장하는 플로레타리아 혁명(정치), 그리고 프로이드의 무의식(정신) 등이 있으며 최근에 주목받고 있는 큰 화두로는 리차드 도킨슨의 이기적 유전자로 대변되는 진화 심리학(사회) 등이 있습니다. 특히 유전자의 자연 선택으로 다양한 사회적 현상을 설명하기 시작한 진화 심리학은 기독교인들의 믿음에 큰 상처를 줄 수 있는 도그마라 생각되는데 믿음을 공고히 하고 세상을 올바르게 바라보기 위해서는 물론 새로운 도그마에 대한 이해도 필요하겠지만 개체의 존재 방식과 각 존재의 당위성의 차이점에 대한 인식이 반드시 필요하다고 하겠습니다.

진화 심리학에서는 생명체의 존재 방식을 설명하기 위해 포괄적 적합도라는 개념을 이용하는데 이는 주어진 상황에서 자신의 유전자를 후대에 전달하는 목적에 포괄적으로 적합한 행동이나 생각만 지속적으로 남아 그 생명체의 존재 방식을 결정한다는 이론입니다. 진화 심리학에서 주장하는 현존하는 생명체와 그 사회 현상의 존재 방식은 생물학적으로 설명이 가능하겠으나 세상의 어떠한 존재도 그 존재의 당위성을 설명할 수 없는 생명체란 존재하지 않는다는 사실은 자명합니다.

즉, 인류라는 존재의 당위성에 대한 어떠한 답도 줄 수 없는 도그마라면 깊이 생각하고 선택적으로 받아들일 필요가 있으며 이들에 대한 신앙인으로서의 관점을 확실히 해 두지 않으면 세태에 휩쓸리듯 평생 쌓아 올린 믿음의 탑을 자신도 모르게 무너트릴 위험이 도사리고 있습니다. 더욱이 우리는 모더니즘의 시대를 지나 이제는 포스트 모더니즘 시대에 살고 있다고들 합니다. 우리가 진리라고 여겼던 사실들조차 '해체'라고 하는 특유의 접근법을 통해 옛 것으로 여기고 틀린 것이란 없으며 서로 다를 뿐이라는 모토하에 크고 작은 수많은 사조를 탄생시키는 포스트 모더니즘의 시대에서

평등이라는 이름으로 다시금 이합집산하며 서로를 용납하지 못하는 세상에서 우리는 또다시 좌절을 느낄 수밖에 없습니다.

2021년 11월 28일 주일 설교 때 이강현 목사님께서 하신 말씀이 기억납니다. 인류가 이 땅에 존재하는 목적은 하나님의 사랑을 다른 이들에게 전파하기 위한 통로로 쓰임 받기 위해서라는 말씀이셨습니다. 물리적으로 생각해 보면 모든 생명체는 우주가 태어날 때 발한 무한한 에너지를 통해 지음 받은 존재들이고 그 창조의 에너지를 받아 태어난 자들로서 그 에너지를 나누는 일에 쓰임 받을 때 모든 생명체들은 가장 활성화되고 최고의 진동 에너지 상태에 도달한다는 사실과 같은 맥락이라 생각합니다.

그리고 그 창조주가 우리의 죄를 위해 십자가에 못 박혀 돌아가신 예수 그리스도이심을 믿는 성도들이라면 이미 우리가 가야 할 방향은 선명하게 정해져 있습니다. 인류의 역사에서 태동한 그 어떠한 도그마가 세상을 휩쓸지라도 한 가지 세상 사람들은 알지 못하는 우리만의 비밀이 있음을 기억합니다. 바로 예수 그리스도께서 허락하신 성령이 우리에게 임재하심으로 세상이 줄 수 없는 위로와 기쁨을 얻을 수 있고 그 사랑을 세상 사람들과 나눌 때 우리는 우리의 존재에 대한 무한한 당위성을 느끼고 최고의 기쁨을 맛볼 수 있다는 것입니다.

찌는 듯한 무더위 속에서 갈증을 해갈해 주는 시원한 샘물보다 더 촉촉하고 시원한 말씀과 성령이야말로 세상의 그 누구도, 그 어떤 도그마라도 감히 줄 수 없는 선물이며 믿는 자의 특권이라 생각됩니다. 그러나 권리는 찾아 누리지 않으면 아무 쓸모없는 휴지처럼 소멸됩니다. 세태에 휩쓸리지 않고 기도와 말씀으로 성령의 선물을 받아 매일의 삶에서 찾아오는 고통에서 해방되는 위대한 믿음의 유산을 누리는 성도님들 되시길 진심으로 기원합니다.

인공지능

살맛 나는 세상

2월 22일 22년, 유난히 2자가 많은 하루의 아침입니다. 오늘의 큐티는 '주님의 제자가 되려면'이라는 제목으로 누가복음 14:25-35절 말씀을 주셨습니다. 말씀의 내용은 가족과 목숨까지 미워하며 자기 십자가를 지고 그분을 따르지 않으면 제자가 되지 못한다는 내용입니다. 망대와 전쟁에 대한 본문의 말씀만으로 정확한 뜻을 알 수 없어 생명의 말씀에 나와 있는 도움 말씀을 보니 이런 말씀이었습니다.

먼저, 망대를 세우고자 하는 사람이 비용을 계산하듯, 제자가 되고자 한다면 자신이 치러야 할 대가를 생각해야 합니다. 다음으로, 전쟁 때 상대를 못 이길 것 같으면 사신을 보내어 화친을 청하듯, 제자가 되고자 하는 사람은 지혜롭게 처신해야 합니다. 즉, 제자는 예수님을 믿고 따르기 위해 치러야 할 비용을 미리 계산해 보고 나서야 예수님의 참 제자가 될 수 있다는 말씀인데 그 비용에는 우리 자신의 소유, 명예, 지위, 나아가서 우리의 가족까지도 포함될 수 있다는 말씀이었습니다. 간단히 한마디로 요약하면 제자의 길을 결코 가볍게 여겨서는 안 된다는 사실과 제자의 길을 가기 위해서는 '온전한 희생'이 필요하다는 말씀이었습니다.

오늘 아침에 주신 말씀을 대하자마자 저는 가슴이 서늘해지는 두려움을 느꼈습니다. 지난 십수 년을 교회를 다니고 부족한 가운

데서도 예수님을 믿는 신앙인으로 살아왔다고 생각했는데 예수님께서는 이제 제자가 되라고 말씀하시며 내 모든 것을 그분을 위해 희생하라고 하시기 때문입니다. 사실 성도라면 누구에게나 주어진 희생이라는 명제 앞에 우린 얼마나 희생할 수 있고 또 희생해야 하는 걸까요? 어떻게 하면 이기적인 생각들은 사라지고 이타적인 행동들로 가득한 살맛 나는 세상을 만들 수 있는 것일까요?

세상을 살다 보면 살맛 나는 날이 있고 또 그렇지 않은 날도 있습니다. 포괄적 적합도라는 잣대로 세상만사를 측정하려고 시도하는 진화 심리학자들에 의하면 이타적인 사람들과 이기적인 사람들이 6:4 비율로 섞여 있는 공동체가 존속할 확률이 가장 높다는 결론을 내렸다고 합니다. 아마도 내부적으로는 이타적인 사람들이 많이 어울려 살아야 모든 이들이 살맛 나는 세상이라 느껴지고 행복한 삶을 누리므로 인구도 늘고 역동적으로 살려고 할 것이지만 외부적으로 보면 세상에 주어진 한정된 리소스를 더 많이 차지하는 무리가 더욱더 오래 살아남을 확률이 높아지므로 이기적인 사람들이 당연히 필요하다는 것이죠.

모든 가정이 다 그렇지는 않겠지만 아버지가 보통 이기적인 성향을 띤다면 어머니는 이타적인 성향을 띠는 것이 그 한 예라 할 것입니다. 그러고 보면 대외적으로 다른 무리와 싸워야 할 일이 많은 정치인은 어쩌면 이기적인 사람들이 많은 것이 당연한지도 모르겠습니다. 하지만 아이러니하게도 정치인이 되기 위해서는 가장 필요한 것이 '희생'이라고 합니다. 배우 이진희 씨가 열연했던 〈60

일 지정 생존자〉라는 한국 드라마를 너무 재미있게 본 기억이 납니다. 대통령과의 대립으로 비공식 해임 통보를 받아 대통령과 총리, 장관들이 모두 참여한 국회에서의 대통령 연설 행사에 홀로 불참하였던 과학자 출신 환경부 장관이, 국회가 갑작스러운 공격을 받아 대통령과 국무총리는 물론 나머지 모든 국무위원이 사망하여 대한민국의 마지막 남은 국무위원으로서 대통령 권한 대행이 되면서 온갖 음모로부터 가족과 나라를 지켜 내는 정치 드라마로 기억합니다. 가장 가슴에 남는 대사가 있다면 "정치인은 자신을 희생함으로써 국민들의 표를 먹고 사는 존재들."이라는 대사였습니다. 참으로 모순된 사실이 아닐 수 없지요. 국민을 대외적으로 지켜 내고 국가의 부흥을 이루기 위해서는 다른 민족에게는 이기적이어야 하고 대내적으로는 표를 얻어 정치를 하려면 자신을 희생할 줄 아는 이타적인 사람이 되어야 하니까요.

어쨌든 한 무리의 생존을 위해서는 이기적인 사람도 무리 중에 꼭 필요하다는 사실은 과학적으로도 증명이 된 사실이니 문외한으로서는 당연히 긍정할 수밖에는 없습니다. 그런데 예수님이 설파하신 설교 말씀에는 이타적으로 살아야 한다는 말씀은 무수히 많지만 이기적으로 살라는 말씀은 찾아볼 수 없습니다. 물론 성경에 대한 제 무지의 소치일 수도 있을 겁니다. 그럼 예수님은 과연 우리의 생존에 꼭 필요한 요소를 배제함으로써 생존의 확률을 떨어뜨리는 가르침을 주신 분일까요? 만일 그렇다면 교회라는 공동체는 사라져야 마땅할 텐데 인류의 역사를 돌이켜 보면 무수한 핍박과 고통 속에서도 교회는 오히려 들풀처럼 그 생명력을 더하여 확장되어 왔고 앞으로도 더 확장될 것이라 믿습니다. 그럼 포괄적 적합도와 예수님이 설파한 사랑 가운데 과연 무엇을 믿고 따라야 우리와 우리 자손들이 천대 만대 오래도록 이 세상에 살아남을 수 있을까요? 왜 예수님은 과학적으로 증명된 사실에 맞지 않게 유독 이타적으로 살기만을 원하시는 것일까요? 오늘은 그 대답을 찾기 위한 사색을 잠시 함께해 보았으면 합니다.

인류의 역사를 살펴보면 가장 먼저 부각되는 것이 수많은 전쟁과 그 전쟁을 일으킨 군주들에 대한 이야기들입니다. 심현정 씨가 출판한 『파란만장 세계사 10대 사건 전말기』에 실린 인류의 역사를 바꾼 10대 사건을 보니 아래와 같은 사건들을 나열하고 있습니다.

1. 살라미스 해전: 기원전 480년 9월 살라미스에서 페르시아와 그리스 연합군 간에 벌어진 해전으로 알려져 있습니다. 이 전투에서 그리스는 수적 열세에도 불구하고 페르시아 해군을 격파, 페르시아와의 전쟁에서 중대한 전환점을 만들었습니다.

2. 십자군 전쟁: 1095년부터 1291년까지 간헐적으로 일어난, 예루살렘을 중심으로 한 레반트 지역의 지배권을 놓고 일어난 전쟁으로 십자군 원정을 통해서 증가하기 시작한 '면죄부'의 문제도 시간이 흐르면서 십자군의 탈선 요인으로 작용했습니다. 이것이 남용됨으로 후일 곪아 터진 것이 종교 개혁이라고 알려져

있습니다.

3. 흑사병: 14세기 유럽에서 7,500만~2억 명의 목숨을 앗아 간 인류 사상 최악의 범유행으로 성직자와 종교 기관의 모순 및 폐해들을 분명하게 인식할 수 있는 기회를 갖게 되었으며, 반교권주의와 개혁적인 목소리가 큰 반향을 일으킨 사건입니다.

4. 콘스탄티노플 함락: 1453년 5월 29일 동로마 제국의 수도인 콘스탄티노폴리스가 오스만 제국에게 함락당해 동로마 제국이 역사 속으로 사라진 사건을 말합니다. 이 전쟁으로 인해 세계 경제의 축이 유럽에서 오스만 제국 중심의 이슬람으로 옮겨 가게 되었다고 합니다.

5. 콜럼버스의 대항해: 15세기 초, 콜럼버스가 아메리카 대륙에 표류한 이후 유럽의 세계 경제 체제는 급속도로 발전하며 부와 인구 증가를 가져다주었지만, 아메리카에는 원주민 인구의 대소멸을 초래했고 아프리카에는 노예 무역을 통한 막대한 인구 손실을 초래하였습니다.

6. 아메리카 원주민 대학살: 1622년에서 1890년 사이에, 미국 백인 정착민(white man)과 미국 원주민인 아메리칸 인디언 사이의 정복 전쟁을 총칭하는 말입니다. 초기부터 아메리칸 인디언과 이주민의 다툼은 계속되고 있었지만, 이민자의 증가와 함께 열강의 식민지 전쟁과 물리면서 대규모화되어 갔으며, 북미 식민지 전쟁, 인종 청소, 학살 등으로 표출되었습니다.

7. 프랑스 혁명(1789년): 프랑스 혁명이 앙시앵 레짐(구체제)을

무너뜨린 후 80년간 군주정에서 공화정으로 국가 체제가 바뀌며 결국 유럽에 민족주의, 자유주의를 널리 퍼뜨리는 역할을 하였습니다. 또한 유럽과 세계사에서, 정치 권력이 왕족과 귀족에서 자본가 계급으로 옮겨지는, 역사적으로 완전히 새로운 시기를 열어 놓을 만큼 뚜렷이 구분되는 전환점이 되는 사건이라 알려져 있습니다.

8. 트라팔가 해전: 1805년 10월 21일 영국 해군과 프랑스 및 스페인 연합 함대가 벌인 전투로, 나폴레옹이 영국에 상륙하여 지상전으로 영국을 점령하려 했던 전쟁이며 제3차 대프랑스 동맹 전쟁의 일부입니다. 전투의 결과로 프랑스는 영국에 대륙 봉쇄령을 내립니다. 이를 어긴 포르투갈과의 전쟁에서 스페인이 심각한 타격을 입게 되고 나라를 되찾기 위해 고군분투하는 스페인의 상황은, 중남미 식민지 국민들에게 우리도 그들처럼 독립할 수 있다는 희망의 메시지를 건네게 됩니다. 결국 아메리카 식민 국가들은 연쇄적으로 독립에 성공했고, 스페인의 국력은 꺾이기 시작합니다.

9. 제 1차 세계 대전: 1914년 7월 28일부터 1918년 11월 11일까지 일어난 유럽을 중심으로 한 세계 대전입니다. 1914년 오스트리아가 세르비아에 선전 포고를 하며 시작되었고, 1918년 독일의 항복으로 끝이 납니다. 이 전쟁의 근본적인 원인은 프로이센의 비스마르크, 빌헬름 1세 등으로 인해 시작된 신제국주의 때문이었지만, 전쟁이 끝나면서 독일 제국, 오스트리아-헝가리

인공지능

제국, 러시아 제국, 오스만 제국 등 4개 주요 제국이 해체되었습니다. 전쟁의 결과로 유럽 및 서남아시아 지도는 새로운 독립 국가들에 의해 새롭게 그려지게 되었다고 합니다.

10. 제 2차 세계 대전: 1939년 9월 1일부터 1945년 9월 2일까지 2,194일 동안 인류 역사상 가장 많은 인명 피해와 재산 피해를 남긴 전쟁이었습니다. 1차 세계 대전의 결과로 형성된 국제 연맹은 유럽의 민족주의 부활과 독일에서 시작된 파시즘의 융성으로 인해 상황이 악화하며 실패하게 됩니다. 이 전쟁의 여파로 서구권에서는 그동안 사회 주류였던 집단주의 사상이 쇠퇴하고 개인주의 사상이 대두되어 오늘날까지 이어지게 되었다고 합니다. 특히 2차 대전으로 인한 가장 중요한 국제적 영향은 세계 패권의 중심이 기존의 서유럽에서 새롭게 초강대국으로 떠오른 미국과 소련으로 넘어갔다는 것입니다.

책에 소개된 10대 사건은 물론 한 개인의 세계관일 수 있지만 인류 역사를 바꾼 10대 사건은 대부분 전쟁임을 알 수 있습니다. 전쟁이 아닌 것은 단 세 개 즉, 흑사병, 콜럼버스의 대항해, 그리고 프랑스 혁명밖에 없습니다. 따지고 보면 프랑스 혁명도 중세 봉건 세력과 새로이 떠오르던 신흥 자본 세력 간의 처절한 대립의 결과로 발생한 혁명이라고 보았을 때 전쟁이나 다름없었던 사건입니다. 왜 유독 인간의 역사는 전쟁으로 점철된 역사일까요?

구석기 신석기 시대의 부족 사회에서부터 부족 간 대결과 전쟁으로 시작된 인류의 역사는 문명이 시작되었다는 중세 시대에도 수많은 전쟁으로 점철되어 있습니다. 인류의 역사를 개인적 삶의 관점에서 들여다보면 이타적인 사랑으로 엮인 사람들의 이야기도 많았을 테지만 유독 인류의 역사에는 잘 드러나지 않습니다. 자신의 몸을 희생해 친구를 구한 이야기나 어머니를 위해 밤새 모기에게 스스로 뜯겼던 효자의 이야기 등과 같은 이야기를 일일이 기록하였다면 피로 점철된 인류의 역사가 조금은 읽기에 덜 피로했을 수도 있겠지만 그 분량이 과도해질 거라는 것은 쉽게 짐작해 볼 수 있습니다. 역사책에 기록될 만한 이타적 이야기에는 종교에 관련된 이야기도 있을 수 있겠으나 유교, 불교, 기독교 등의 종교 활동으로 인한 세상의 변화는 점진적이어서 세상의 판도를 급작스레 바꾸지는 못한 것 같습니다. 세상의 판도를 눈에 띄게 바꾼 일들은 역시 전쟁이나 큰 세력 간의 대립 등으로 힘의 균형이 무너지고 새로운 힘의 질서로 세상이 재편되는 시점에 나타나므로 역사책에 쉽게 기록되었고, 그래서 인류의 역사는 전쟁의 역사라 해도 좋을 만큼 수많은 전쟁이 역사책의 대부분을 차지하고 있는 것으로 생각됩니다. 다시 말해 인류의 역사는 이기적인 동기에서 발생한 전쟁들로 변화되고 이어져 왔다 해도 크게 무리는 아닐 것입니다.

최근 보았던 〈소년범죄〉라는 드라마에서 "인간은 궁지에 몰리면 자기의 본성을 드러낸다."는 대사를 들으며 스스로 아픈 기억들이 많은 탓인지 가슴에 사무치는 듯한 아픔을 느꼈습니다. 진화론

인공지능

에서 대두된 자연 선택설도 일단은 자신에게 필요한 자원을 소유하고 확보하여 생명 현상을 지속하려는 생명의 기본 메커니즘이라 설명하고 있습니다. 즉, 무언가 자신이 필요한 것이 있다면 우선 재빨리 취하여 제 것으로 삼아야 살아남을 수 있는 이기적인 성향이 생명 현상의 본질이라는 뜻을 함유하고 있겠지요. 그러나 그렇게 혼자 살아남아 결국 타인들이 사라진 황량한 사막에서 온전히 생명 현상을 유지할 수 있는 개체는 존재하지 않으므로 이타적인 성향이 또한 꼭 필요할 텐데 우리의 본성은 과연 이기와 이타로 그어진 선 어디쯤 존재하는지 정말 알 수 없는 노릇입니다.

세상은 얼마나 이기적이고 또 얼마나 이타적이었기에 지구상에는 이토록 많은 인구가 살고 있을까 하는 의문과 맥을 같이 합니다. 한 가지 확실한 사실이 있다면 예수님이 이 세상에 오셨고 그후 세상의 인구는 서서히 증가하기 시작하여 19세기 와서는 기하급수적으로 늘어났다는 것입니다. 인류의 지난 12,000년의 시간 동안 세상의 인구는 1억 명이 채 안 되다가 지난 2000년 동안 인구는 갑자기 77억 명으로 늘어났는데 이는 12,000년 전보다 약 1,860배 이상 늘어난 숫자라고 합니다(그래프 참조).

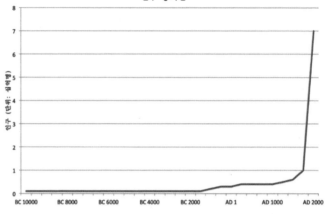

예수님의 탄생과 인구의 변화사에 어떤 상관관계가 있는지는 알수 없으나 그래프만 놓고 보면 뚜렷한 변화가 일어났다는 사실은 부정할 수 없습니다. 사실 철학, 과학, 기술 문명 등등, 원인을 찾으면 수많은 이유가 있을 것입니다. 비전문가의 무리한 해석으로 혼란스러운 결론을 내리는 것은 피해야 하지만 그래도 그분이 오셔서 세상은 조금 더 살맛 나는 세상이 되었기에 가능한 일이었다고 스스로 믿고 싶은지도 모르겠습니다. 이기와 이타의 외줄 타기에서 이기 쪽으로 너무 편향된 인간의 마음을 예수님께서는 십자가의 피로 평형을 잡고 나아가 이타적인 성향으로 변화시키신 것이 세상을 좀 더 살맛 나게 하신 건 아닌지 하는 생각을 하게 됩니다. 혹시라도 그 전에는 인류의 심성이 6:4로 이기심이 앞섰었다면 예수님께서 오셔서 그나마 이타심이 6이 된 건 아닌가 하는 생각들을 해 보았습니다. 그래서 더 많은 사람이 살 만한 세상이라 여기고 인구를 늘리는 데 이바지한 것이 아닐까 하는 아마추어적인 생각을 해 봅니다.

사실 멀리 갈 것 없이 스스로 예수님이 내 생에 어떤 변화를 일으켰는지 곰곰 생각해 볼 필요를 느꼈습니다. 결론적으로 교회를 다니고 예수님을 믿기 시작하면서 세상을 보는 관점에 근원적인 변화가 생겼었다는 사실은 부정할 수 없습니다. 스스로 이타적으로 변화되어 넘치는 사랑을 주체할 수 없어 나누어 주는 삶을 살지 못하는 자신이 부끄러우나 세상을 살맛 나게 이끄는 힘이 나만의 부와 명예를 위한 이기적인 생각과 행동에만 있는 것이 아니라는 사실을 깨달은 것만으로도 스스로 정말 다행한 일이라 생각합니다.

멀리 미국이라는 땅에 와서 살맛 나는 동네, 살맛 나는 공동체에서 사는 행복을 누릴 수 있기 위해 무엇이 필요한 지 예수님을 통해 조금씩 더 알아가기를 원합니다. 최소한 궁지에 몰리더라도 본색을 드러내지는 않는 신앙인이 되어야 하지 않을까 스스로 다짐하며 성령의 인도하심을 간구해 봅니다.

주님의 뜻

또 하루가 밝았습니다. 하루를 시작하는 첫 시간에 나를 향하신 주님의 뜻을 한번 생각해 봅니다. 주님, 사실 오늘을 달라고 그렇게 매달린 적도 없고 기도하지도 않았는데 오늘을 또 선물해 주셨습니다. 누구나 하루하루를 시작할 때 주어진 일들이 기다리고있지만 이 모든 일은 "하루를 무엇으로 채워야 하나?"라는 질문에 답을 줄 수 있을 뿐 그 시간들을 어떻게 채우나에 대한 답은 주지 않습니다. 그럼 하루 일과를 반복하면서 그 일들을 어떻게 해야 하는지에 대한 답은 어디에서 찾을 수 있을까요? 곰곰히 생각해 보면 어떻게라는 질문에 대한 대답의 핵심은 아마도 다음과 같은 질문에 답이 있지 않을까 하는 생각이 들었습니다.

"주신 오늘을 살아가야 할 저에게 향한 주님의 뜻은 어디 있는지요?"

오늘은 이런 저의 질문에 좋은 길잡이가 되어 준 책 한 권을 소개하면서 짧은 소회를 나누었으면 합니다. 조던 피터슨(Jordan Peterson)이라는 분을 검색하시면 아래와 같은 소개글을 만날 수 있습니다.

토론토 대학교 심리학과 교수, 임상심리학자. 『12가지 인생의 법칙(12 Rules for Life)』으로 일약 베스트셀러 작가가 되었다. 앨버타 대학교에서 정치학 학사 학위를 받았고, 맥길 대학교에서 임상심리학 박사 학위를 받았다. 하버드 대학교 심리학과에서 1993~1998년 동안 교수로 재직했다. 〈스펙테이터〉지는 피터슨을 "수년 동안 세계 무대에 나타난 중요한 사상가 중 한 명"이라고….

그분이 쓴 책 중에 여러가지 좋은 책이 많이 있다고 알려져 있지만 저는 사실 그중 『질서 너머』라는 책만을 접했을 뿐입니다. 책을 읽을 때 가슴이 뛰고 다음 장이 기다려지는 책들이 흔치 않은 마당에 그런 즐거움을 경험한 책 중 하나인지라 겨자씨에 소개해도 좋을 듯한 생각이 들었습니다.

정신의학 관련 책은 그리 읽어 보지도 못했고 접하기도 쉽지 않아 큰 기대 없이 읽었지만 많은 배움의 기회가 되었던 책이 아니었나 하는 생각이 듭니다. 『질서 너머』라는 책을 읽는 가운데 가장 긴장감 넘쳤던 부분은 책 마지막 장인 '악마의 정신'이었습니다. 특별히 마지막 장인 '악마의 정신'이라는 부분에 관심을 가졌던 이유는 최근 돌풍을 일으키고 있는 K-drama를 섭렵하는 가운데 든 생각 때문인데 대부분의 드라마들이 권선징악의 구도에서 크게 벗어나지 않지만 그 인기의 비결이 아마도 인간의 악마적인 근성을 적나라하게 들어낸다는 점과 악당들과 싸워 세상을 구하려는 주인공들에게 몰입되어 경험하는 사이다 정의감이 아닐까 하는 단순한 생각을 해 봅니다.

드라마에 설정된 인간의 악마적 근성은 사실 도를 지나치고 상상을 초월할 때가 많은데 자극적인 씬들에 이미 길들여진 독자들의 기대감을 만족시키기 위해 더욱 자극적인 이야기들을 만들어 내고 있다고는 하지만 그 상상력이 도가 지나치다는 생각이 많이 듭니다. 하지만, 이러한 상상력도 가끔씩 신문 기사를 통해 접하는 우리 사회의 사건, 사고들에 투사된 악마적 감성에서 크게 벗어나지 않는다는 것과 실제 사건들이 모티브로 사용되고 있다는 생각이 드는 경우가 많아 씁쓸할 따름입니다. 그럼 이렇게 잔인한 인간의 악마적 근성은 도대체 어디에서 오는 것인지, 그리고 그럼에도 세상은 어떻게 이렇게 표면적으로는 평온할 수 있는지 무척 흥미로운 생각이 들 때가 많습니다. 최근에 보았던 모 드라마에서 나온 대사 중 이런 대목이 있었습니다.

"세상 사람들은 모두 자기가 원하는 것만 하려고 하죠. 모두가 누군가 다른 사람을 위해 열심히 일해야만 살아갈 수 있는데도 말이죠."

이 대사를 통해 인간은 태어나면서부터 자신의 욕망과 배치되는 형태로 살아가야만 한다는 사실을 시사하면서 존재의 고통이 시작되는 지점은 바로 이기심과 이타심이 교차하는 곳이라고 암시합니다. 물론 어느 정도 수긍이 가는 이야기이지만 드라마 중 악인의 시점에서 표현된 만큼 세상을 부정적으로 보면 삶 자체가 그저 고통의

인공지능

연속이라는 악마적 주장을 펼치는 관점의 대사라 하겠습니다.

이와 더불어 또 하나의 부정적 관점으로 부각되어 영화나 소설의 소제로 자주 이용되는 것이 바로 가용 자원의 제한성입니다. 〈어벤져스〉 시리즈에서 타노스가 인피니티 스톤을 모두 모은 후 핑거 스냅으로 우주의 생명체 반을 소멸시키는 장면이 있습니다. 타노스는 우주를 구하려면 자원의 원활한 배분과 생명체의 전멸을 막기 위해 절반의 소멸이 타당한 선택이라고 설명하는 부분이 있습니다. 또 하나의 악마적 관점이 아닐 수 없습니다. 이렇게 파괴적이고 악마적인 관점은 도대체 어떻게 인간의 마음에 들어오는 것일까요. 피터슨은 이를 그의 저서, 『질서 너머』에서 괴테의 걸작인 『파우스트』에 나오는 메피스토펠리스(또는 메피스토)를 시작으로 악마적 정신에 대한 질문들과 그에 대한 답을 탐구합니다.

시중이나 인터넷에 떠도는 『파우스트』의 작품 해설들을 보면 『파우스트』에 등장하는 메피스토는 특별히 객관적 존재를 가지고 있는 악마(惡魔)라고 볼 필요는 없고, 그것은 인간에게 내재하는 하나의 요소이며 경향이라고 소개되어 있습니다. 괴테는 사실 르네상스가 꽃피던 시절 인간 본연의 모습에 대한 탐구를 시작했던 많은 사상가들 중의 한 사람이었으며 신보다는 인간을 두고 인간이 자기의 의욕을 실현하려고 할 때 그 자신의 굳센 의욕대로 생각하는 바에 의해서 행동할 수 있다고 가정하면 결국 어떤 결과에 도달할 것인가에 대한 답을 얻고 싶은 사람이었습니다. 그것을 구명하기 위해서는 의욕 실현의 가능성을 극도로 확대해 보지 않으면 안

되었고, 그 때문에 괴테는 소설 속에서 마법(魔法)이라는 장치를 이용합니다.

메피스토에게 영혼을 팔아 마법의 힘을 빌어 그 모든 도전과 쾌락을 맛본 후 생의 마지막 끝자락에서 죽음을 맞이한 파우스트는 숱한 타락과 죄가 많음에도 천사들에 이끌려 천상으로 인도됩니다. 이를 통해 알 수 있는 것은 괴테가 타락한 인간만이 진실로 자연과 신의 본질을 깨달을 수 있다고 보는 낭만주의적 문학관을 가지고 있었다는 사실이라고 합니다. 즉, 저자는 파우스트의 타락을 통해 신의 영광을 제시하는 역설적인 표현을 사용하였는데 이는 다시 신과 이성을 의심하고 악마와의 결합을 통해 인생의 본질을 찾아보려 했지만 실패함으로써 결국 인간은 신에 의해 구원받을 수밖에 없다는 자신만의 역발상 철학을 피력하고 있다고 하겠습니다.

피터슨이 그의 저서에 파우스트를 굳이 소개하고 있는 것은 극 중의 메피스토는 우리의 긍적적인 의도를 영원히 방해하는 정신이라고 소개합니다. 심리학적인 측면에서 인간은 내면에서 좋은 의도가 생겨나고 그에 따라 행동하라는 가르침을 받고 자라지만, 안쓰럽게도 우리는 해야 할 행동은 하지 않고 하지 말아야 할 행동을 더 자주 한다고 말하고 있습니다. 피터슨은 우리 마음속에 내재하는 악마들이 우리의 긍정적인 에너지를 방해하며 때로는 그들끼리도 충돌한다고도 합니다. 즉, 정신 분석학적으로 어둡고 불분명한 동기와 믿음 체계들은 우리의 부분 인격으로 존재한다고 합니다. 이 부분에 대해 책에서 인용한 부분을 이용해 나누어 보고자 합니다.

인공지능

"즉, 당신의 마음에는 우리가 통제할 수 없고, 심지어 의식하지 못하는 정신들이 존재한다는 것입니다. 그런데 이러한 통찰은 모순이 아닌가하는 의심이 듭니다. 우리가 통제하지 못한다면 누가 또는 무엇이 우리를 통제한다는 말일까요? '당신'이라는 존재가 확실하고 통일되어 있고 실재한다는 생각 자체가 도전을 받습니다. 또한 당신이 아닌 그 누구 또는 그 무엇은 대체 무엇이며 무슨 짓을 꾸미고 있을까? 그리고 어떤 목표를 이루려 할까? 우리는 누구나 우리가 주체적인 존재로서 자기 자신에게 뭘 해야 할지를 명할 수 있고, 자신의 의지에 따라 행동하는 생명체이길 바란다. 어쨌든 당신은 남이 아닌 당신이고 당신 자신을 통재하는 사람 아닌가? 하지만 상황은 그렇게 되지 않을 때가 많고, 그 이유는 아주 불가사의하다."

이러한 의문에 대한 답으로 피터슨은 몇 가지 사실을 제안합니다. 첫째가 게으름입니다. 아무리 좋은 생각과 의도가 있다고 해도 그것을 지속적으로 수행하기는 우리의 게으름으로 인해 힘들다는 것입니다. 타성에 의해 마땅히 해야 할 일을 하지 않을 때 우리는 우리의 행동이 나쁘다고 스스로 판결을 내리게 되는데 이러한 깨달음은 불쾌하지만, 인간이면 누구나 동일하게 경험하는 일입니다. 이와 더불어 피터슨은 또 다른 해답을 제시하고 있습니다.

"우리의 내면에서 적대적 힘이 우리의 가장 좋은 의도를 허물어뜨리려고 애쓰는 걸 볼 수 있다. …중략… 일례로 그리스도교의 악마는 상상을 통해 그 정신을 의인화한 것이다. 하지만 적대자는 상상으로만 존재하지 않는다. 행동 그 자체로도 드러나고, 흔히 악한 동기에 '사로잡혔.'고 표현되는 심리 상태로도 드러난다. 꼴사납게 행동한 뒤 "내가 무엇에 씌었는지 도무지 모르겠어."라고 할 때 이 말은 명확한 표현은 아니더라도 이 같은 사로잡힘이 실재함을 가리킨다. 결국 우리는 넋을 잃고 스스로에게 묻는다. "왜 이런 적대자가 존재하는 걸까? 왜 우리 안에 남아 있을까?"

즉, 두 번째의 이유로 제시하는 답은 우리 속에 내재하는 악마성이라고 피터슨은 대답합니다. 즉, 파우스트에 소개된 메피스토가 실제로 우리 속에 존재한다는 사실을 말하려고 하는지도 모릅니다. 그러나 문제는 이제부터 시작됩니다. 악마의 정신이 존재한다는 사실 자체가 중요한 것이 아니라 파우스터가 한 실험처럼 과연 이 악마적 정신은 우리를 얼마나 파멸시킬 수 있는가 하는 해답을 피터슨 또한 그의 저서를 통해 찾아나서고 있습니다. 아래에 그의 생각을 들어 보겠습니다.

"부분적으로 인간이란 모두 죽을 수밖에 없는 내재적 한계를 갖고 있으며, 자기 자신, 사회, 자연이 안겨 주는 고통에서 자유롭지 못하다는 사실과 관련이 있다. 이 사실을 알고 나면 비통한 마음이 들고 일종의 자기 결명이나 혐오가 돋아난다. 스스로의 나약함과 부족함, 자신의 약점이 임의로 나에게 부여되었다는 억울함이 자기 경멸과 혐오를 더욱 부채질한다. …중략… 만일 당신이 머릿속으로 내면의 당신에게 반하는 모든 것, 친구들에게 반하는 모든 것, 남편이나 아내에게 반하는 모든 것을 끌어모아 합치면 적대자가 출현한다. 그것이 바로 괴테의 희곡에서 나오는 악마 메피스토펠레스다. 반대하고 충돌하는 정신으로, 메피스토펠레스가 본인을 바로 그렇게 묘사한다.

'나는 곧 부정하는 정신이다.' 왜 그럴까? 세상의 모든 것은 심히 제약되어 있고 불완전하며, 그로 인해 많은 문제와 공포가 일어나므로 세상의 모든 것을 없애는 일은 충분히 정당할 뿐 아니라 도덕적으로 옳기 때문이다. 합리화는 그렇게 이루어진다."

피터슨이 이러한 결론에 이르게 된 이유 중 하나는 슬라보예 지첵과의 토론도 한몫을 했다고 합니다. 지첵은 마르크스주의자(즉, 역사학적 유물론자)이며 예수 또한 십자가의 고통 속에서 인생의 의미와 선하신 주 하나님에게 절망했다고 합니다. 다시 말해, 죽기 전 고통이 극에 달했을 때 "나의 하나님, 나의 하나님, 어찌하여 나를 버리셨나이까?"라는 부당함, 배신, 고통, 죽음으로 이어지는 참을 수 없는 현실에 직면해 인생의 짐이 너무 무겁게 느껴지면 하나님마져도 신념을 잃을 수 있다." 고 합니다. 다시 말해 하나님마저 스스로 부과한 고통 속에서 회의를 느꼈다면, 죽음을 면할 수 없는 우리 인간이 어떻게 그와 똑같은 나약함을 보이지 않을 수 있겠는가?" 피터슨은 이러한 입장에 동의하면서도 한 가지 사실만은 잊지 않습니다.

"하지만 나는 그때나 지금이나 자기 존재를 부정하는 입장은 끔찍한 결과를 가져온다고 믿는다. 그런 입장은 생명, 심지어 존재에 반하는 허무주의와 직접적으로 아주 깊이 연결되어 있어서 그런 주장을 공공연하게 펼치는 사람은 어떨 수 없이 실존의 파괴를 강조하고 증폭하는 데 영향을 끼친다."

피터슨은 반출생주의자로 알려진 베르나르의 예도 듭니다.

"인생은 고통으로 가득 차서 새로운 의식적 존재가 생겨나게 하는 것은 의도가 아무리 좋아도 사실상 죄악이며, 인간이 도덕적으로 취할 수 있는 가장 올바른 행동은 우리가 자발적으로 멸종의 길에 들어서는 것이다. 이런 관점은 생각보다 널리 퍼져 있다. 인생의 불행 앞에서 굴욕을 당할 때마다 꿈이 산산이 깨지거나, 자식이나 사랑하는 사람들이 크게 다칠 때마다 우리는 다음과 같은 생각에 쉽게 빠져든다. '이 모든 게 영원히 멈춰 버린다면 좋을 텐데.'
이는 분명 사람들이 자살을 고려할 때 하는 생각이다. 연쇄 살인범, 고등학교 총기 살인범 등 일반적으로 모든 살인범과 대량 학살범은 이런 생각을 극단까지 밀어붙인다. 확신하건데 반출생주의의 입장을 취하는 사람은 반드시 방향을 잃고 표류하게 된다. 반출

인공지능

생주의는 단지 출산을 거부하는 입장에서 그치지 않는다. 나는 새로운 생명을 낳지 않으려는 충동이 머지않아 지금 존재하는 생명들을 파괴하려는 충동으로 발전한다고 생각한다."

바늘 도둑이 소 도둑된다는 격언을 우리는 잘 알고 있습니다. 생각은 생각을 낳고 작은 행동은 큰 행동을 하게 합니다. 사실 인간의 몸과 정신을 들여다보면 너무나도 복잡하고 어려워서 한 인간을 이해한다는 것은 결코 불가하다고 알려져 있습니다. 오죽하면 정신 분석학자였던 프로이드는 꿈과 성적 병인학이라는, 어쩌면 좀 무리하다는 생각이 드는, 도구를 통해 한 인간의 정신세계를 이해할 수 있다는 논지의 주장을 폈을까요. 물론 체계적인 연구와 실험을 통해 인간 정신의 많은 부분이 알려졌다고는 하나 아직도 학계에서는 뇌모델링과 뇌신경학은 이제 시작 단계라고들 합니다. 그러나 개인적으로 인간은 사실 매우 단순한 존재일 수도 있다는 생각이 듭니다.

세뇌라는 것과 맹신, 그리고 정신병 등의 현상을 바라볼 때, 인간은 사실 그리 복잡한 존재가 아니라 어쩌면 단순한 정신적 그릇일 수도 있다는 생각들을 종종 하게 됩니다. 그 그릇에 무엇을 담느냐가 그 사람이 어떻게, 그리고 무슨 생각을 하느냐를 결정하게 된다는 말이죠. 그리고 그 그릇은 한쪽으로만 그 생각의 방향성이 결정이 되면 지속적으로 같은 생각을 증폭시키고 무한히 커지도록 확장된다는 사실입니다.

우리의 마음에는 두 마리의 개가 있는데, 한 마리는 천사, 그리고 다른 한 마리는 악마라고 한 설교 말씀이 생각납니다. 어떤 개에게 먹이를 주는가에 따라 자신의 성향이 결정된다는 말씀이었습니다. 그렇다면 우리 속에 존재하는, 도저히 깨끗이 치워 버릴 수 없는 악마의 정신을 어떻게 하면 잠잠하게 하고 우리가 매일매일의 삶에서 심적인 평안과 안락함을 확보하면서 살 수 있을까요? 그 방법만 알 수 있다면 세상을 살아가는 것이 얼마나 편하고 좋을까요? 피터슨은 그가 겪었던 모진 고통의 시간들을 나누면서 그에 대한 해답을 제시하고 있습니다.

독자들도 함께 생각하면서 과연 그가 제시하는 답이 무었일지 잠시 눈을 감고 생각해 보았으면 합니다. 사실 그 답은 우리 모두가 알고 있는 답이니까요. 아래에 그의 저서에서 답을 주는 부분을 마지막으로 인용해 봅니다.

"추수감사절은 미국에서 가장 큰 국가 명절이다. 부활절이 크게 쇠토하고 있기 때문에 유일한 경쟁자는 크리스마스인데, 이날도 어떤 의미에서는 감사의 축제로, 한겨울의 어둠과 추위 속에서 영원한 구세주가 태어난 것을 기림으로써 희망의 영훤한 탄생과 부활을 축하하는 날이다. 감사는 원망의 대안이며, 어쩌면 유일한 대안일지 모른다. …중략… 한 나라의 최고의 축제일이 '감사하는' 날이라는 사실은 그 나라의 근본 윤리가 긍정적이라는 의미다. …중략… 당신이 감사한 마음을 잃지 않는 것은 바보같이 순진해서가 아니다. 삶이 고통스럽지 않기 때문은 더더욱 아니다. 자기 자신과 세계에 가장 좋은 것을 주고, 당신이 현재 무엇을 가지고 있고 앞으로 무엇을 획득할 수 있는지를 잊지 않기로 용감하게 결심했기에 감사할 수 있다. 모든 존재와 가능성에 대한 감사는 세상의 변덕스러움에 대처하는 가장 좋은 태도다."

개인적으로 이 부분을 읽고 난 후 해답을 찾기 위해 분주히 움직이던 마음이 약간은 허탈한 상태에 도달하여 무언가 더 있을 것이라는 생각이 들어 안타까워하기도 했습니다. 그러나 다시금 그 부분을 들추어 곱씹고 또 곱씹어 보면, 진실로 이 이상 더 좋은 답이 있을까 하는 생각이 들기 시작했고 결국, '그래, 바로 이래서 나는 교회를 가는 것이고 매일 주님을 찾는 것이고 잘은 안 되어도 매일 경건의 시간을 가지려고 노력하는 것이야.'라고 생각하게 되었습니다. 사실 지면을 통해 한 가지 스스로 고백하고 싶은 것이 있습니다.

교회를 다니기 전, 저는 다른 사람이 잘되는 것을 보면 무조건 시기하고 질투하고 스스로 절망하는 그러한 사람이었습니다. 잘은 모르겠으나 어릴 때부터 "무조건 일등 해라.", "대학은 무조건 서울로 가라." 등등의 말이 귀에 박힌 터라 그런지는 알 수 없었으나 1등이 아니면 만족할 수 없었고 다른 친구가 학교 조회 시간에 상이라도 타면 스스로 시기하고 고통스러워했습니다. 매디슨에 있을 때 며칠 교회를 다녀 본 후 지속적으로 다녀야겠다고 결심하고 다니게 된 중요한 계기가 있었다면 목사님이 하신 한마디 말씀이었습니다.

"자, 이제 오늘 예배에 참가한 사람(누구든)을 위해 그들이 받은, 그리고 받을 축복을 위해 감사 기도를 올립시다."

교회를 두어번 나갔던 터라 기도가 무엇인지는 알았으나 목사님의 말씀대로 남을 위해 축복하고 감사하는 기도를 드려야 하는데 도저히 할 수가 없었습니다. 기도 시간 내내 망설이던 저는 기도 시간이 끝나갈 무렵 정말 하기 싫었던 기도를 드렸습니다.

"오늘 예배에 참가한 모든 분들이 저보다 더 큰 복을 받게 축복해 주십시요."

그 순간 눈물을 흘렸던 기억이 납니다. 아마도 알을 깨고 태어나는 병아리들이 겪는 고통이라는 생각이 들었습니다. 만일 제가 교회를 나오지 않았더라면 어떻게 되었을까요? 저도 자아도취에 빠져 나를 위한 인생에만 관심을 가지고 한쪽 방향으로만 그 생각을 증폭시켜 남이야 어떻게 되든 상관하지 않는 무뢰한으로 성장했을 것이 분명합니다. 그래서 오늘도 진심으로 저 자신을 위해 타인을 위한 감사의 기도를 드립니다. 그리고 마음에 무한한 평안을 누립니다.

인공지능

"○○○이 진실로 세상의 복과 하늘의 복을 받아 최고의 하루를, 최고의 생을 살도록 인도해 주시옵소서."

혹시 제가 누군가 큰 복을 받은 것을 보고 질투와 시기어린 눈으로 바라보고있다면 아마도 한동안 감사의 기도를 드리지 않은 것이라고 금방 알아채실 수 있습니다. 그래서 요약하자면 다음과 같습니다.

"메피스토펠리스를 잠재우는 유일한 방법은 감사!, 감사가 답이다. 그리고 매일매일 하는 큐티가 답이다."

어제, 오늘, 그리고 내일, 아니 남은 생의 시간 동안 주님의 뜻은 한결같이 똑같습니다.

"항상 기뻐하라 쉬지 말고 기도하라 범사에 감사하라 이는 그리스도 예수 안에서 너희를 향하신 하나님의 뜻이니라."(데살로니가전서 5:16)

오늘도 경건의 시간을 통해 주위 분들을 마음껏 축복하고 감사 드리는 하루 되시길 진심으로 기원합니다.

출애굽기 말씀 산책

출애굽기 19장 5~6절: 세계가 다 내게 속하였나니 너희가 내 말을 잘 듣고 내 언약을 지키면 너희는 열국 중에서 내 소유가 되겠고 너희가 내게 대하여 제사장 나라가 되며 거룩한 백성이 되리라. 너는 이 말을 이스라엘 자손에게 고할지니라.

김준섭 목사님과 출애굽기를 통해 성경 말씀을 배우고 예배를 통해 더욱 깊이 묵상하며 말씀의 산책로에 피어난 꽃들의 향기를 스치며 걸어 봅니다. 마침 요즘 개인적으로 묵상하는 성경 구절들이 또한 출애굽기라 여러모로 믿음이 허약해지고 흔들리는 시기에 더욱 값진 시간들이어서 감사하게 생각하고 있습니다. 하지만 최근 출애굽기의 현장이라 할 이스라엘과 팔레스타인 지역의 긴장과 충돌 소식을 전해 들으며 잊힐 때쯤이면 다시 들려오는 중동 지역의 갈등으로 인해 무고하게 죽어간 사람들을 생각할 때마다 출애굽 때부터 내려온 이스라엘의 아픈 역사를 다시금 돌아보게 됩니다.

잘 알려진 바와 같이 중동은 이스라엘과 팔레스타인 문제뿐만 아니라 종교적 갈등으로 인해 여러 국가 간 문제들이 산재해 있는 곳이기도 합니다. 작게는 유대인들과 팔레스타인들 사이의 인종적 갈등에서부터 이슬람 국가들 사이의 종교적 갈등으로 인해 아프리

인공지능

카의 각 국가 내 부족 간 갈등과 더불어 세상의 화약고 역할을 하고 있는 곳이라 알려져 있고 오늘날에도 크고 작은 전쟁으로 인해 무고한 시민들이 희생되고 있는 곳이 바로 중동 지역입니다. 잘 알려진 대로 중동에는 수니파와 시아파라는 두 개의 큰 이슬람 분파가 오늘날까지 종교 분쟁을 하고 있는데, 수니파는 코란을 중시하는 정통을 따르는 사람들로 알려져 있고 시아파는 알리의 추종자로 혈통과 지도자를 중시하는 사람들로 알려져 있습니다. 한 때 세상을 떠들썩하게 했던 아이에스는 수니파 중심의 원리주의자들로 알려져 있습니다. 두 분파 간 갈등의 기원을 거슬러 올라가 보면 이슬람의 창시자였던 무함마드(마호메트)가 있습니다.

후계자를 정하지 않은 상태에서 갑작스레 찾아온 무함마드의 죽음으로 이슬람은 칼리프(후계자) 시대로 들어서게 됩니다. 아부 바크르, 우마르, 오스만, 알리 등 4명의 장로들이 교도(敎徒)의 총의에 의하여 잇따라 제1, 2, 3대 칼리프로서 이슬람 교단을 통솔하였습니다. 그러나 제 4대 칼리프 선출 시 무함마드의 적자에 가까운 인물로 여겨졌던 무함마드의 사위이자 사촌인 알리가 제 4대 칼리프로 부상하였는데 반대 세력이던 수니파의 우마이야가에 의해 알리와 그 후손이 살해당하면서 이슬람교는 서서히 체계적으로 분열하기 시작했다고 합니다. 중동 전체적으로 보면 이란, 이라크에는 혈통 중심의 시아파가 많고 사우디아라비아는 코란 중심의 수니파가 대세라고 합니다.

국가적으로는 이라크가 종교 분쟁의 최대 희생양이라 여겨지고 있는데 이라크의 비극은 북에 쿠르드, 중서부에는 수니파, 그리고 동남부는 시아파가 함께 거주하고 있는 데서 기인한다고 합니다. 1차 세계 대전 이후 승전 국가였던 영국과 프랑스에 의해 만들어진 자의적인 국경선에 의해 이라크는 여러 종교인들이 강제로 하나로 묶이게 됩니다. 종교적으로 하나의 국가가 될 수 없는 나라가 강제로 한데 묶여 독립됨으로써 종교적 경쟁 세력 간의 치열한 내분이 전개됩니다. 미국에 의해 제거된 사담 후세인은 소수 수니파였는데 이라크 전쟁 후 미국이 시아파 정권을 세웁니다. 헤게모니를 잃어 버린 수니파가 시리아의 수니파와 함께 만든 것이 바로 아이에스 무장 세력 집단이라 알려져 있습니다.

또 다른 나라인 시리아 또한 프랑스에 의해 독립하였으며 독립 당시 알아사드가 아버지의 정권을 그대로 물려받게 됩니다. 시리아는 수니파가 대세이긴 하지만 소수 시아파 중 이단 취급을 받던 알라위파를 프랑스가 치세를 위해 경찰 군인 등 요직에 심어 두게 됩니다. 이들이 쿠데타로 정권을 찬탈하지만 권력 기반이 약하고 종파의 개념이 강한 나라에서 수니파 국민을 적으로 취급하며 대량 살상을 자행하게 됩니다. 이에 수니파가 저항하면서 이라크의 정예 부대였던 몰락한 수니파와 동맹하여 아이에스로 성장합니다. 이리하여 중동 문제는 이스라엘의 시오니즘과 팔레스타인과의 패권 싸움뿐만 아니라 시리아 내전, 아이에스 문제 등으로 점철된 다국적 문제로 발전합니다. 그럼 중동은 어쩌다가 자의적인 선에 의해 구획이 나누어지듯이 분할이 되었을까요? 중동의 구조적 문제

　　　　　　　　　　　　　　　인공지능

를 잠시 들여다보기 위해 역사를 거슬러 올라가 보면 쿠르족 중심의 오스만 제국이 있습니다.

세계사 시간에 주로 유럽 중심의 역사를 공부한 한국인에게는 오스만의 역사가 친숙하지는 않지만 오스만 제국은 터키 지역인 아나톨리아에서 시작된 전사들의 집단이 성장하면서 한때 유럽 전체를 위협했을 정도의 대제국이었습니다. 다시 말해 오스만 제국이 유럽의 역사에서 차지하는 비중이 적지 않으므로 사실상 유럽의 일부로 받아들여져야 마땅하지만 백인 위주의 유럽인들이 배타적으로 중동을 자신들의 역사에서 배제시킴으로써 한 때 오스만이 지배했던 시기와 상호 갈등의 역사는 그들의 역사에 잘 드러나 있지 않습니다.

예를 들면, 제2차 폴란드-오스만 전쟁에서 오스만의 승리가 시간 문제인 것처럼 보이던 1636년, 오스트리아의 수도 빈이 투르크 군대에 포위되었을 때 오스트리아의 제빵 기술자 한 사람이 우연히 창고에서 밀가루를 꺼내려다 이 사실을 알게 되었습니다. 용감했던 제빵 기술자는 이 정보를 아군에게 어렵사리 전달하게 되고, 이로 인해 오스트리아군이 승리하게 됩니다. 이 공로로 용감한 제빵 기술자는 명문가의 훈장을 수여받고 이를 제과 브랜드로 사용할 수 있는 특권을 받았다고 합니다. 그리고 이 제빵 기술자는 이러한 특권을 받아 투르크군의 반달기를 본따서 초승달 모양의 빵을 만들게 되고, 빵을 먹듯이 오스만을 멸망시키자는 기치 아래 만들 것이 바로 크로와상이라고합니다.

그러나 세상을 호령하던 오스만 제국도 역사상 세계 4대 해전 중하나라 여겨지는 레판토 해전(1571)에서 베네치아 공화국, 교황 비오 5세 치하의 교황령(나폴리와 시칠리아, 사르데냐를 포함한) 스페인 왕국과 제노바 공화국, 사보이 공국, 몰타 기사단 등이 연합한 신성 동맹의 갤리선 함대에 패함으로 그 기세가 차츰 꺾이고 결국 패망의 길을 걷게 됩니다. 전투 이후 신성 동맹은 일시적으로 지중해의 패권을 장악하였으며, 로마를 오스만의 침략으로부터 보호하고, 유럽을 향한 오스만의 팽창을 저지하게 됩니다. 노를 저어 기동력을 얻는 갤리선들만으로 치러진 마지막 해상 전투인 레판토 해전으로 인해 세계의 부는 동쪽에서부터 서쪽으로 이동해 가기 시작하였다고 합니다.

그 후 세계 1차 대전 직전까지 현재의 터키 땅을 중심으로 그 세를 유지하고 있던 오스만 제국은 1차 대전 당시 독일과 오스트리아에 합류하여 영국과 프랑스의 연합 전선에 대항하게 됩니다. 1차 대전 발발 후에도 거대한 세력이었던 오스만 제국을 자신의 편으로 끌어들이기 위해 독일과 프랑스 영국 등이 오스만과의 접촉을 시도합니다. 그러나 오스만 제국은 그 당시 자신들을 북쪽에서 압박하던 소련을 패배시키기 위해 연합군에 대항해서 독일과 손을 잡게 됩니다. 오스만 제국이 독일과 손을 잡게 된 것을 알게 된 영국은 스파이 작전을 써서 오스만 제국의 소국들에 스파이를 파견하여 이간질을 시작하게 되고, 이것이 〈007〉 영화의 배경이라는 것 또한 잘 알려져 있습니다. 〈007〉 영화에 유독 중동을 배경으로 한 작품들이 많은 사실이 이를 증명하겠지요.

스파이 작전을 통해 우선 프랑스와 접촉한 영국은 오스만 제국을 무너뜨리고 전 제국을 재편하여 두 나라가 각각 분할 통치하기로 합의를 합니다. 그리고 오스만 제국의 부족들을 찾아가 오스만 제국이 멸망한 후 부족들의 독립을 지원할 것을 약속하게 됩니다. 결과적으로 독일의 패배로 끝난 1차 세계 대전 이후 영국과 프랑스는 오스만 제국 전체를 남북으로 나누게 되는데 이때 부족 간의 독립성을 고려하지 않고 임의적인 남북 분단선으로 오스만 제국을 나눔으로 인해 각 나라마다 서로 다른 부족이 공존하며 분란을 일으키게 되는 빌미를 제공합니다. 그리고 이때부터 사실상 이스라엘과 팔레스타인 사이의 갈등의 불씨가 자라기 시작했다고 할 수 있습니다.

팔레스타인 분쟁에 불씨를 제공한 근본 이유 중 하나로 그 당시 유럽의 역사를 쥐락펴락하던 거대 세력으로 로스차일드가로 대표되는 유대인의 자금력을 꼽을 수 있습니다. 사실 유럽들의 핍박으로 인해 살길이 막막했던 유대인들은 일찌감치 책상(방크) 하나만 두고 금전 대출을 해 주며 연명하는 사람들이 많았는데 이 것이 현대 은행의 초기 모습이라고 합니다.

세계 1차 전쟁 발발 후 영국이 발 빠르게 로스차일드가를 찾아가 군자금 확보를 위해 금전적 협조를 구합니다. 로스차일드가는 프랑스 나폴레옹 전쟁 때 주가 조작으로 국가에 버금가는 재력을 소유하게 된 거대 금융 재벌 가문이라 알려져 있는데 현재 미국의 연방 준비제도 이사회의 원조라 할 수 있습니다. 당시 유대인들은 소련의 핍박으로 고생을 하고 있었기 때문에 독일 오스트리아 연합군과 손잡기를 원하였으나 1917년 11월 영국 외무장관이던 벨포어가 유대인들의 역사적 숙원 사업이던 이스라엘 재건을 돕겠다는 벨포어 선언을 통하여 예전 팔레스타인 지방의 유대인 땅을 되찾게 해 주겠다는 약속을 함으로써 유대인들을 자신의 편으로 끌어들이는 데 성공합니다.

그리하여 영국은 막강한 자금력을 바탕으로 1차 세계대전을 승리하게 되고 벨포어 선언에 따라 영국은 유대인들을 팔레스타인 지방으로 이동시켜 이스라엘을 재건하기 위한 작업에 돌입하게 됩니다. 전쟁이 마무리 되고 국제 연맹이 결성되어 패전 지역을 다스리게 되었는데 팔레스타인 지역은 벨포어 선언으로 인해 영국의 자치령으로 둠으로서 영국에게 정권을 이양하게 됩니다. 그리하여 영국이 이스라엘 민족들의 팔레스타인 지역 이동을 돕게 되는데 전쟁 이후 2, 3년 만에 5만 명 정도였던 이스라엘이 15만으로 늘어나자 팔레스타인 지역 전체 75만 중 60만 원을 차지하던 팔레스타인인들이 경각심을 갖게 되면서 벨포어 선언의 배경을 알게 됩니다.

그러나 이미 영국은 지역 간의 갈등이 고조되는 낌새를 느끼고 팔레스타인 지역을 분할할 것을 제안하지만 팔레스타인인들은 이를 받아들이지 않습니다. 그러나 영국의 지속적인 협조를 통해 이스라엘 민족은 점점 더 증가하게 되고 그 와중에 여전히 팔레스타

인공지능

인인들은 이스라엘 지역 내 자치령을 떠나지 않는 사람들이 생겨남으로 인해 이스라엘에는 팔레스타인 자치령이라는 작은 구역들이 할당되어 그곳에 팔레스타인인들의 거주를 허락하게 되면서 현재와 같은 이스라엘과 팔레스타인 자치구의 행태를 갖추게 되었으며 이로 인해 심한 인종적 갈등의 불씨를 만들게 된 것입니다.

즉, 이스라엘과 팔레스타인과의 갈등은 영국 처칠의 시오니즘 장려 정책과 영국 관리하에 있었던 팔레스타인 지역에서의 부동산 매매 허가로 인해 점진적으로 진행되었습니다. 이때부터 이스라엘이 서서히 커지자 지역 분쟁이 증가하게 되고 분쟁 중재를 영국이 유엔에 상정하게 되었으며 유엔에서는 팔레스타인 지역을 두 개의 나라로 분리하기로 국민 투표에 상정합니다. 이것이 두 국가 안의 효시입니다. 이스라엘은 두 국가 안에 대해 동의하는 입장이었으나 팔레스타인인들은 이에 불응하면서 전쟁이 시작되었고 세계 각지에 흩어져 있던 이스라엘인들의 자금 지원으로 이스라엘이 팔레스타인을 무력으로 격파하고 1948년에 영국의 위임 통치를 종류하면서 나라를 세우게 됩니다.

최근의 이스라엘과 팔레스타인 간의 무력 충돌은 각국의 정치 지도자들의 정치 생명과 그들의 정치적 위상 때문이라고 알려져 있습니다. 지난 2022년 3월 총선에서 패배함으로써 연합 정부 수립에 실패하여 정치적 위기 상황을 겪고 있던 이스라엘 수상, 네타나후가 팔레스타인의 정치적 심장에 대한 선제 공격을 감행함으로써 주민 약 300명이 사망했습니다. 이에 대응하여 팔레스타인은 로켓

포 공격을 시작하였고 이를 막기 위해 이스라엘이 최근 선보인 기술이 아이언 돔입니다.

현 중동의 세력 구도를 보면 여러 아랍 정부들이 이스라엘과 연결되어 있고 이란과 터키는 하마스(팔레스타인 반정부 무장 단체)와 이슬람 형제단이라는 끈으로 묶여 있으므로 상호 크게 간섭은 하지 못하고 있습니다. 하마스는 이스라엘의 꼭두각시 역할을 하며 무력해 보이는 팔레스타인 자치 정부의 해체를 주장하고 있습니다. 하마스에 의해 주창된 한 국가 안(팔레스타인인들이 이스라엘 시민권 요구 가능)은 팔레스타인인 50프로 이상의 지지를 받고 있다 합니다. 그러나 최근의 이스라엘은 예전과 달리 한 국가 안을 받아들이지 않고 있으며 웨스트 뱅크(west bank)에 남아 있는 소수 팔레스타인인들의 강제 이주를 계획하고 있는 실정입니다.

다행히도 최근의 분쟁은 5월 21일 부로 미국과 이집트의 형식적인 중재로 인해 전격 휴전 합의되었지만 실질적으로는 하마스의 정책국장 이스마엘 하니아의 말대로 하마스는 언제든 휴전 가능하다고 입장 표명을 해 왔던 터이고 이번 갈등의 발단은 네타냐후가 정치적 입지를 되찾기 위해 가자 지구 공격을 시작함으로써 공격을 멈출 생각이 없다고 엄포를 놓으면서 사태의 심각성이 고조되기도 하였으나 최근과 같은 저강도 상태의 전쟁은 늘 있어 왔고 앞으로도 계속될 것이라 보는 것이 타당하리라 생각합니다.

즉, 네타냐후가 3월 선거 이후 연합 정부 구성에 실패하였고, 5월 5일 리블린 대통령이 야당 지도자 야티드에게 연합 정부 구성을 요

인공지능

청하자 네타냐후는 특단의 조치를 취한 것으로 생각됩니다. 즉, 가자 공격이 시작되면서 야당 주도의 연합 정부 구성에 참가했던 이슬람 주의 당들이 하마스와 연계되어 있는 자신들의 입지를 고려하여 연합 정부에서 빠져나오면서 네타냐후에게 다시 합류하게 됩니다. 이번 공격으로 인해 정치적으로 가장 큰 실익을 챙긴 사람은 총리인 네타냐후이며 하마스도 이스라엘과의 대립 중에 정치적 입지를 굳히고 이번 기회로 이스라엘 내부의 팔레스타인 주민들과 웨스트 뱅크, 가자 주민 사이에서 예루살렘 수호의 연대 시위를 해나가면서 정치적 이념의 통합을 주도하며 스스로 승리를 주장하고 있습니다.

궁극적으로 이스라엘은 가자 옆 이집트의 시나이 반도에 공업 단지를 세워 가자 사람들이 출퇴근하게 하는 계획을 가지고 있다고 하는데 이는 장기적으로 이스라엘 영토 내 흩어져 있는 팔레스타인인들을 시나이 반도로 이주시키려는 계획이라는 것이 공공연한 사실로 알려져 있습니다.

하갈로부터 이스마엘을 낳고 이후 사라에게서 이삭을 낳은 아브라함의 직계는 사실 모두 한 민족이라 할 수 있습니다. 분쟁도 형제 간의 분쟁이 가장 치열하고 전쟁 또한 그러함을 역사를 통해 보고 깨닫게 됩니다. 형제를 증오하고 싸우게 되는 일들은 왜 발생하는 것일까요? 그 이면을 잠시 사색해 보면 우리가 인간이기에 앞서 생물이기에 유전적으로 지니게 된 생존과 번식의 메카니즘 때문이리라고 생각됩니다. 가능한 많은 자원을 소유하여 후손의 대가 끊이지 않고 지속될 수 있는 환경을 만들고자 하는 생물적인 본능으로 인해 우리는 사실 자신과 유산을 공유하고 나누어야 할 가장 가까운 형제로부터의 도전과 위협을 가장 심각하게 받아들이며 형제 이외의 타인에게도 자신의 이권과 소유를 침해하는 자는 타협이나 양보보다는 배척과 소멸로 대응합니다. 하지만 인간이기에 우리는 또한 공존의 그늘을 벗어날 길이 없고 그 속에서 소유와 분배의 갈등을 지속하며 살아가고 있습니다.

출애굽기를 통해 배운 것이 있다면 우리가 무엇을 소유하기 전에 우리는 이미 하나님의 소유라는 사실입니다. 천지를 창조하시고 만물과 인류의 창조를 계획하셨던 분이 그분의 형상대로 지은 우리가 소유로 인해 고민하고 고통스러워하도록 내버려 두는 분이 아닐 것이라는 믿음을 배웁니다. 우리가 우리의 소유를 구하기 위해 힘써 일하는 것처럼 하나님도 그분의 소유인 우리를 위해 매일매일 열심히 일하고 계십니다. 다만 소유를 늘리기 위해 일하는 것이 아니라 그분의 영광을 위해 더 많은 우리를 소유하기 원하십니다. 애굽을 떠나는 이스라엘 민족을 빈손으로 떠나지 않게 하시고 각각 애굽 사람들로부터 재물을 받게 하셨고 불모지인 광야에서 만나와 메추라기로 매일매일 이스라엘 민족을 배불리셨으며 마라의 쓴 물로 투정하는 이스라엘인들을 엘림의 샘물로 목을 축이게 하신 것처럼 우리가 하나님의 경제를 이해하고 믿고 따라 행하면 우리가 쓰고도 남음이 있도록 차고 넘치게 채워 주시는 분이 바로 여호와 하나님이리라 믿어 의심치 않습니다. 혹시 오늘의 삶이 핍

인공지능

절하고 족함이 없다고 생각된다면 이제 내 삶의 짐을 주님 앞에 내려놓아 봅시다.

예전 오스틴 한인장로교회를 찾아오셨던 김동호 목사님의 설교 말씀이 생각납니다. 영국 어느 도시에서 설교 말씀 도중 십일조에 대한 이야기가 나왔고 설교가 끝난 후 갓 태어난 아이를 가진 어느 부인이 찾아와 설교 말씀에 감사함을 표하면서 자신도 십일조를 하고 싶으나 지금은 남편이 박사 공부 중이라 아이의 분유를 살 돈도 부족한데도 십일조를 해야 하느냐는 질문을 하였다고 합니다. 그때 김 목사님께서 들려주신 말씀은 아이의 분유를 살 돈도 없는데 십일조를 강요할 하나님이 아니라고 하시면서 자신이라면 그래도 하나님을 믿고 십일조를 해 보겠다는 말을 들려주셨다고 합니다.

재물이 거하는 곳에 우리의 마음도 거한다는 말이 있습니다. 부활하신 예수님께서 승천하시기 전에 믿는 자들에게 주신 믿음의 대명제를 기억합니다. 네 주를 사랑하고 또한 네 이웃을 내 몸과 같이 사랑하라는 말씀이셨습니다. 이웃을 사랑하라 하신 말씀은 재물을 풍성히 나누어라는 말씀과 동일하다고 할 수 있지 않을까요? 인생의 대 전환기를 맞이하고 싶다는 각오로 재물에 마음을 두지 말고 하나님께 마음을 두는 삶 속으로 걸어가 봅시다. 하나님께서 놀라운 방법으로 우리의 삶을 채워 주시는 축복을 반드시 받아 누리게 되실 것이라 확신합니다.

나의 자리

성경의 말씀에는 향기가 있습니다. 그리고 큰 가르침들이 여기 저기 숨겨져 있습니다. 그 보물들을 하나하나 찾아가는 재미는 기독교인들에게는 믿음의 여정에서 빠질 수 없는 선물이요 은혜일 것입니다. 특별히 아침마다 목사님을 통해 다니엘서 강해를 듣는 요즘에는 이미 흘러간 역사가 우리에게 선사하는 특별한 선물들을 많이 받았기에 받은 은혜를 함께 나누고자 합니다.

다니엘서가 쓰인 시기는 이스라엘의 역사에서 포로시대(B.C. 586~539)로 규정한 시기라고 합니다. 이 시기는 또한 알렉산더 대왕(알렉산드로스 3세 메가스)이 젊고 거침없던 33세의 나이로 세상을 등진 후 그가 이룩한 거대한 제국이 디아도코이 전쟁(계승자들의 전쟁, B.C. 323~281)이라는 일련의 전쟁을 통해 4개의 제국으로 나누어지는 시대이기도 했습니다. 어떤 음식을 대할 때 만든 분에 대한 이야기를 들은 적이 있으면 그 음식에서 느끼는 맛이 깊이를 더하고 여행을 떠나기 전에 목적지에 대한 이해가 있다면 그 여행이 더욱 풍성해지듯이 다니엘의 예언서에 숨어 있는 보물을 발견하기 위해 알렉산더 대왕과 그의 신하들이 벌렸던 전쟁에 대한 이해도를 더하고자 그 시대 상황에 대해 공부한 내용을 잠시 나누어 보겠습니다.

알렉산더 대왕은 30세가 되었을 때 이미 그리스를 시작으로 남

인공지능

쪽으로는 이집트, 동쪽으로는 인도 북서부에 이르기까지 그 이전 고대 서양에서는 전례가 없던 대제국을 건설했던 인물입니다. 그는 전투에서 패배한 적이 없고, 역사상 가장 성공적인 군사 지도자 중 하나로 평가되고 있기도 합니다. 자신의 몸을 돌보지 않고 전쟁터의 맨 앞줄에 서서 공격의 선두를 달리며 세상의 정복자로 우뚝 섰던 그는 특유의 저돌성으로 인해 부상도 많이 당했을 거라 짐작이 됩니다. 그의 죽음과 관련해서는 계속된 부상으로 인한 병마로 죽어 갔다는 설도 있을 만큼 자신의 몸을 돌보지 않았던 지도자의 생을 살았던 인물입니다.

역사상 전례가 없는 광활한 지역을 획득했던 인물이기에 후계자를 지목하지 않고 갑작스럽게 맞은 죽음 이후, 거대한 제국을 다스리는 문제로 그의 신하들은 헬레니즘 시대를 대표하는 디아도코이 전쟁이라는 피비린내 나는 싸움을 시작하게 됩니다. 최측근으로 남아 있던 신하들로는 페르디카스, 에우메네스, 안티파트로스, 리시마코스 등이 있었습니다. 그중 페르디카스와 안티파트로스 사이의 갈등이 고조되면서 1차 디아도코이 전쟁이 시작됩니다.

〈제1차 디아도코이 전쟁〉

당시 신하들 중 최고 권력에 가장 가까웠던 페르디카스는 자신의 정치적 입지를 다지고 제국을 안정시킬 목적으로 안티파트로스와 손을 잡으려 했습니다. 이를 위해 페르디카스는 안티파트로스의 딸 니케아와 약혼을 한 상태였습니다. 그 사실을 알게 된 알렉산더 대왕의 어머니 올림피아스는 페리디카스에게 자신의 딸이자 대왕의 여동생인 클레오파트라와의 결혼을 권했습니다. 이에 페르디카스는 일단 니케아와 결혼하고 나서 바로 이혼을 하고 클레오파트라와 결혼하려고 했다고 합니다. 이것을 알게 된 안티파트로스는 분노했고, 페르디카스의 권력이 강해지는 것에 위협을 느끼기 시작한 동료들은 크라테로스와 프톨레마이오스 등의 장군들과 함께 반페르디카스 태도를 명확하게 드러내기 시작합니다.

그러나 기원전 321년, 페르디카스 측에서는 반대파를 숙청하고 자신의 세력을 공고히 하기 위해 안티파트로스 파벌 중 하나인 프톨레마이오스의 타도를 목표로 이집트 원정을 시작했습니다. 원정의 명분은 알렉산더 대왕의 시신을 훔쳐 이집트로 달아난 프톨레마이오스를 타도하겠다는 것이었으나 실상은 반대파 숙청과 그 시신을 찾아 제국의 정통성을 자신이 이어 나가겠다는 욕심에서였습니다. 페르디카스는 소아시아 원정에 협력한 이후 우호 관계에 있던 에우메네스에게 자신의 뒤를 당부하고 원정길에 올랐습니다. 이에 대항하기 위해 안티파트로스는 군대를 양분하여 자신의 군대는 이집트로 가고, 크라테로스의 군대는 소아시아에 보내 에우메네스를 공격하게 했습니다.

페르디카스는 이집트로 진격했지만, 나일강에 고립된 결과 휘하의 군대에서 일제히 불만이 분출되었고 마침내는 셀레우코스 장군 등에 의해 암살됩니다. 아이러니하게도 바로 이틀 후 소아시아에

인공지능

서 에우메네스가 크라테로스에게 승리를 거두게 됩니다. 페르디카스를 제거한 안티파트로스는 그의 아들인 카산드로스로 하여금 마케도니아의 두 번째 왕조인 카산드로스 왕조를 세우게 합니다. 최고 권력자인 페르디카스가 죽었기 때문에 향후 마케도니아 체제를 결정하는 회의가 시리아의 도시 트리파라디소스에서 열렸는데 이 회의에서 안티파트로스의 주도하에 지위와 태수령의 재편이 이루어집니다. 동시에 에우메네스를 비롯한 페르디카스파는 마케도니아 왕국의 적으로 규정되었고, 그들을 토벌하는 책임은 군 최고사령관에 임명된 안티고노스가 맡게 됩니다. 이로 인해 2차 디아도코이 전쟁이 시작되는데 에우메네스와 안티고노스가 제국의 위엄을 걸고 한판 격돌을 벌입니다.

〈제2차 디아도코이 전쟁〉

정복 전쟁 당시 최고의 전사들로 불렸던 폴리페르콘 은방패 부대를 페르디카스에게서 물려받은 에우메네스는 열세인 상황에서도 잘 싸우지만 안티고노스의 예상치 못한 공격을 받아 병참이 무너지면서 상황은 급반전되어 승기가 꺾이게 됩니다. 이에 그 당시 장군들에게 줄 돈이 없었던 에우메네스는 승리할 때마다 제국을 탈환하면 주겠다는 조건으로 엄청난 양의 빚을 지면서 관계를 유지해 온 은방패 부대에게 배신을 당하게 됩니다.

이후 에우메네스가 실각되고 안티고노스가 최강의 장군으로 등

극하게 되었고 알렉산더 대왕시대 최고의 전사들로 정복 전쟁을 최전선에서 이끌었던 은방패 부대는 결국 고향으로 돌아가지도 못하는 처량한 신세로 전락합니다. 그 후 제국은 6개의 디아도코이로 제편되는데 안티고노스의 권력이 커짐에 따라 이를 견제하고 맞서는 세력이 등장하게 됩니다. 바로 카프리 동맹(카산드로스 프톨레마이오스 리시마코스)이라 불렸던 3국 동맹체입니다. 그리하여 안티고노스와 카프리 동맹이 제 3차 전쟁을 치르게 됩니다.

〈제 3차 디아도코이 전쟁〉

전쟁의 발단은 바벨론 지역에 있던 셀레우코스 장군이 허락 없이 안티고노스의 장군을 죽이면서 시작되는데, 이 일로 안티고노스가 세금을 바치라고 요구하자 위협을 느낀 셀레우코스는 프톨레마이오스에게 피신하게 됩니다. 이러한 일들이 쌓이면서 제국에 자신의 영향력을 확대하려던 안티고노스는 주위 국가들과 사이가 좋지 않게 되고 결국 카프리 동맹과 전쟁을 벌이는데 이것이 제 3차 전쟁의 시작이었습니다.

알렉산더 대왕의 경호병이었던 리시마코스는 그의 태생지이기도 한 트라케라는 아시아 지역을 배정받아 스스로 왕위에 오른 인물인데 카산드로스, 프톨레마이오스 측에 힘을 실어 주면서 안티고노스의 세력 견제를 위해 동맹 결성에 참여하게 됩니다. 이 전쟁에서 카프리 동맹이 승리하면서 안티고노스는 큰 타격을 입게 되

인공지능

고 셀레우코스는 바빌론 지역을 수복하고 동방으로까지 그 세를 확장하면서 셀레우코스 왕조시대를 시작하게 됩니다.

이들의 세력 확장을 막기 위해 안티고노스는 젊은 아들인 데메트리오스에게 프톨레마이오스를 치게 하나 백전노장인 플톨레마이오스는 단숨에 가자 전투에서 그를 퇴패시키는데 데메트리오스는 이에 굴하지 않고 심기일전하여 두 번째 시리아 전투에서 결국 승리를 거머쥐면서 안티고노스 왕조를 다시 일으켜 세우게 됩니다. 이후 안티고노스가 세력 확장을 목적으로 카산드로스를 공격하면서 제 4차 전쟁(입소스 전쟁)이 시작됩니다.

〈제 4차 디아도코이(입소스) 전쟁〉

안티고노스의 침공을 받은 카산드로스는 셀레우코스, 리시마코스와 동맹을 맺고 안티고노스 부자를 패망시킵니다. 이때를 틈타 입소스 전쟁을 뒤에서 보고만 있던 프톨레마이오스가 시리아를 침공하여 자신의 세력을 확장하면서 셀레우코스와는 원수지간이 됩니다. 데메트리오스는 입소스 전투에서 패하여 그리스로 패주하였고 카산드로스가 죽으면서 그 지역에 안티고노스 왕조를 다시 세우게 됩니다. 그리하여 B.C. 30년 경에는 프톨레마이오스(이집트), 셀레우코스(시리아), 그리고 안티고노스(소아시아)의 3국으로 정리되면서 디아도코이 전쟁은 마무리 시기에 접어들게 됩니다.

그 후 로마의 힘이 강성해지면서 안티고노스는 로마에 패망하고 셀레우코스(시리아)는 파르티아와 로마의 동맹에 패망하게 됩니다. 로마의 황제 자리를 놓고 안토니우스가 프톨레마이오스 왕조의 마지막 파라오였던 클레오파트라와 유대해서 옥타비아누스와 그의 친구이자 장군이었던 아그리파와의 악티움 해전을 벌이게 되는데 이 싸움에서 안토니우스와 클레오파트라가 패함으로써 서양 고대 역사의 한 장을 장식했던 알렉산더 대왕과 그의 계승자들이 일으켰던 디아도코이 전쟁은 마무리됩니다.

정복 전쟁의 시작점이 되었던 알렉산더 대왕은 자신의 몸을 돌보지 않았던 지도자의 생을 살았던 창조적인 인물이었고 그의 삶은 아마도 초인 사상을 탄생시킨 니체와 같은 철학자에게 알게 모르게 기독교적 세계관을 부정하고 인간 중심의 새로운 세계관을 형성하는 데 영향을 미쳤을 것이라 예상해 볼 수 있습니다. 디아도코이 전쟁이 끝나고 로마에 의해 시작된 새로운 제국주의도 1000여 년의 팽창기와 내부 진통을 거치며 마침내 사라지고 혼돈의 중세시대가 열리게 됩니다.

알렉산더 대왕과 로마 황제기를 거치면서 인류의 사고와 사상에도 많은 변화들이 일어납니다. 로마에 의해 국교로 선정된 기독교는 하극상에 의해 황제가 빈번히 바뀌는 시대를 거치면서 넓어진 제국을 통치하고 법치를 시작하면서 통치의 안정적인 계승을 확립하고자 했던 콘스탄티누스 황제의 의도로 선택되었다는 설도 있지만 그것은 아마도 인류를 향한 하나님의 크신 계획 안에서 이루어

인공지능

진 일련의 사건들이라고 믿습니다.

다니엘서 11장을 묵상하면서 들었던 생각은 알렉산더 대왕과 제국의 이야기들을 들으면서 자란 세대가 어떻게 순종과 겸손이 지고의 가치로 자리잡은 기독교를 받아들이고 계승 발전시킬 수 있었을까 하는 의문이었습니다. 게다가 중세를 통해 발전해 온 신학 중심의 세계관이 르네상스라는 부흥 운동을 통해 인간 중심의 세계관으로 대체된 오늘날에도 기독교 인구는 크게 줄지 않고 지구촌 여기저기에 복음이 전파되고 있으니 오늘날까지 이어져 온 기독교의 부흥은 예수님을 받아들이고 신자가 되기로 결심한 뒤에도 떠나지 않은 의문 중 하나이었습니다.

중세의 물물교환 시대에서 화폐의 등장으로 인해 봉건시대가 상인들을 주축으로 한 자본주의 시대로 전환된 것이 르네상스의 출발점이라 역설하는 학자들도 있지만 과연 르네상스를 이끈 핵심 사상은 무엇이고 교부 철학이 어떤 경로를 거치면서 인본주의 사상으로 이어졌는지를 생각해 보는 것 또한 다니엘서를 이해하는 데 의미 있는 공부가 되지 않을까 하는 생각이 듭니다. 교부 철학이 신의 존재를 증명하려 했던 안셀무스라는 철학자로부터 시작하여 중세를 거치며 발전해 오다가 그 마무리 단계에서 토마스 아퀴나스에 의해 집대성될 때쯤 등장한 인물이 있는데 바로 니체입니다.

당시 교부 철학적 세계에서 사람들이 볼 수 없었던 한계를 수많은 고전을 섭렵하는 과정에서 의식의 전환을 구현하려 했던 니체는 중세적 사고의 틀이 가지고 있는 문제점을 바로잡아 보려 했던 인물입니다. 니체가 본 문제점은 기독교에서 주장하는 선이란 당시의 노예 신분이었던 유대인들이 가지고 있던 도덕적 관념에 지나지 않는다는 것인데 니이체는 이러한 문제점을 지적하기 위해 선과 악으로부터 도덕적 관념의 분리를 시도했습니다.

즉 당시 로마 지배 계층의 관점에서는 진취적이고 자기중심적이고 창조적이고 도전적인 가치들을 좋은 도덕으로 여긴 반면 노예 신분이었던 유대인들의 관점에서는 겸손하고 이타적이고 순종하고 금욕적인 가치들을 생존을 위해 좋은 도덕으로 여기고 있었는데 예수 그리스도가 유대인들이 가지고 있던 도덕적 가치를 선과 악의 개념으로 판단할 때 최고의 선으로 가치 전도를 하였다고 주장합니다. 이러한 논리적 전개를 통해 니체는 교부 철학으로부터의 탈피를 추구하여 자기중심적인 세계관을 바탕으로 한 근대로부터 현대 철학의 문을 열게 되고, 그의 철학은 프로이드나 융과 같은 정신 분석학자들에게 지대한 영향을 주게 되지만 히틀러와 같은 독재자의 탄생에 밑거름이 되었다고 주장하는 학자들도 많은 것으로 알려져 있습니다. 철학을 공부한 전공자는 아니지만 여기서 니체가 설파했던 몇가지 사상적 핵심 테제를 간략히 살펴보면서 과연 현대 철학의 문이 어떻게 열렸으며 르네상스와 기독교는 어떠한 갈등에 직면하게 되었는지 좀 더 객관적으로 이해함으로써 다니엘서에서 받을 은혜에 좀 더 깊이를 더할 수 있지 않을까 생각해 봅니다.

니체는 그의 사상적 본형을 영원 회귀(永遠 回歸)에 두고 있다고 합니다. 영원 회귀는 "똑같은 것이 그대로의 형태로 영원히 돌아가는 것이 삶의 실상이다."라고 하는 믿음을 그 중심에 두고 있습니다. 모든 생성을 한 원환 안에서의 되풀이로 보는 이 사상에서는 모든 점이 바로 중심점이 되기 때문에 현재의 이 순간이 영원한 과거와 미래를 응축시킨 영원적 의미를 지니는 것이 되며, 이리하여 현재의 모든 순간, 현실의 이 대지 위의 삶 자체가 그대로 영원한 가치로 이어져 힘차게 긍정되어 간다는 것입니다.

니체는 『차라투스트라는 이렇게 말했다』와 같은 작품을 통해 영원 회귀를 직감적, 문학적으로 말했기 때문에, 그 체계적인 의미는 불명료하다고 합니다. 단지, 종교적인 의미에서 영원 회귀는 기독교의 내세나 동양적인 전생관과는 사뭇 차이가 있으며, 철학사적인 의미에 대해서는 변증법의 부정이라고 해석할 수 있습니다. 니체는 영원 회귀를 통해, 변증법을 부정하는 것에 의해서, 근대화 그 자체, 즉, 사회는 보다 좋아져 가는 것이라는 서양적인 진보 사관 그 자체를 뒤집으려고 했던 것인데, 변증법은 근대 철학의 완성자라는 헤겔의 기본 개념이며, 이것을 부정하는 것은 문자 그대로, 근대 철학을 뒤집으려는 시도였으니 니체의 영원 회귀의 사상은 포스트 모던니즘 철학자들이 근대 철학을 비판할 때 자주 사용하는 사상이라고 합니다.

"신은 죽었다."라고 설파했던 니체 사상의 특징은 모든 선악, 우열이 인간의 주관적인 믿음에 지나지 않고, 절대적인 선악뿐만이 아니라, 상대적인 선악도 부정하는, 가치 상대주의의 극한이라는 점에서는 부처의 제행무상·제법무아, 장자의 만물제동론에 가깝다고 하며 절대 정의를 말하는 기독교의 사상보다는 동양 사상에서 자주 나타나는 발상입니다.

차이점이 있다면 영원 회귀는 더 능동적인 사상으로 모든 것은 평등하게 무가치하며, 마지막도 시작도 없는 영원 회귀라는 궁극의 허무주의로부터 운명에 이르게 하며 무로부터 신가치를 창조하고 확립하는 강한 의지를 가진 사람을 니체는 초인이라 불렀고 속박도 전통도 질서도 완전한 무인 것은 거기로부터 모든 신가치, 신질서가 구성 가능하다고 주장했다는 점입니다.

니체로부터 시작해서 데카르트나 뉴턴에 이르까지 인간 중심의 사고는 해를 거듭하며 과학이라는 새로운 세계관을 인류에게 선사했지만 세계 1, 2차 대전의 소용돌이의 중심에 바로 이러한 철학적 사상이 자리하고 있다는 것과 하나님이 배제된 인본주의 사상의 위험성 또한 간과하지 말아야 할 것입니다. 다시 말해 인류의 역사는 발전과 파괴라는 양면성을 가지고 고대로부터 현재까지 이어져 왔는데, 헤렐니즘시대부터 시작된 대륙적인 규모의 전쟁은 하나님을 모르던 시대에 동물적 진화의 모티브에 기인한 진취적이며 도전적인 기상만이 최고의 가치로 여겨진 사고의 산물이라 생각되고 세계 1, 2차대전의 경우는 하나님의 복음을 부정하면서 시작된 철학적 사색에서 시작된 어처구니없는 파괴적 역사의 아픈 흔적이라는 사실을 되새겨 봅니다. 아리안족의 우월성을 설파하며 유대인 말살 정책을 이끌었던 히틀러야말로 인본주의가 내세운 자기중심적 사상의 정점에 있던 사람이라 생각할 수 있습니다. 물론 니체 없이 과학의 발전을 논하기 힘들고 현재와 같은 의학 체계와 문명의 이기를 개발하기는 힘들었을지도 모르겠습니다.

그러나 니체의 철학을 복음이라는 바탕 위에서 발전시켰다면 파괴적이고 아픈 역사의 상처가 좀 덜하지 않았을까 하는 생각과 분별없이 받아들인 새로운 가치관이 인류에게 얼마나 무서운 결과를 초래하는지 생각해 보지 않을 수 없습니다. 삶에 대한 긍정의 힘으로 스스로의 운명을 개척해 나가고자 하는 동력을 얻는다는 것은 신앙을 떠나 누구나 견지해야 할 삶의 태도이지만 자신의 한계를 인지하고 겸허한 마음과 행실로 살아가는 것은 더욱 중요한 덕목이 아닐까 생각됩니다.

다니엘서 11장 3절에 언급된 '장차 한 능력 있는 왕'은 디아도코이 전쟁에서 소개한 알렉산더 대왕을 지칭한다고 성경 학자들은 동의하고 있는데 20장에서 언급되었듯이 "몇 날이 못 되어 망할 것이요."라고 하여 다니엘은 제국의 몰락을 예언하고 있습니다. 21장에 언급된 '한 비천한 사람'은 형제들을 속이고 잔인한 전쟁을 통해 셀레우코스 왕조의 왕위에 오른 에피파네스 왕을 지칭한다고 합니다. 에피파네스 왕은 제사를 파하고 언약을 배반하는 자를 속임수로 타락시켜 성소를 더럽히고 그 자리에 멸망케 하는 우상을 세워 스스로 높은 자라 선포합니다. 이를 통해 우리는 우리의 신앙이 시험이 들면 우리의 행동, 위치, 시간들이 헝클어지는 일이 발생한다는 경고로 배움을 삼아야 하겠습니다.

　다니엘이 그의 예언서 전체를 통해 우리에게 말하고자 했던 것도 바로 자기중심적인 사고의 위험을 설파하였다는 것인데 위에서 살펴본 니체로부터 시작된 초인 사상에 대한 경고라 생각됩니다. 하나님께서는 인간 중심의 사상이 태동하기 전부터 이미 스스로 높고자 하는 자들의 파멸과 수치를 낱낱이 예언했다는 것을 큰 가르침으로 생각해야 할 것입니다. 다니엘은 18장에서 "그의 정복을 그치게 하고 그 수치를 그에게로 돌릴 것이므로."라 하여 결국 전 대미문의 대제국을 이룬 자의 마지막은 수치스러울 것이라 말씀하면서 역사의 대반전을 예고합니다. 이처럼 역사는 반전의 연속이며 우리 삶 또한 여기서 자유롭지 못하다는 사실을 깨닫습니다.

　디아도코이 전쟁에서도 살펴보았듯이 어제의 친구가 오늘의 적이 되고 어제의 적이 오늘의 절친한 친구가 되는 일은 비일비재합니다. 그러니 성경은 다니엘서를 통해 어느 누구도 소홀히, 천하게, 또 악으로 대하면 안 된다는 귀한 가르침을 줍니다. 또한 인류의 역사를 살펴보면 내가 도운 사람이 나를 배신하고 내 자리를 탐하여 빼앗는 일이 발생하기도 합니다.

　먼저 된 자가 나중 되고 나중 된 자가 먼저 된다는 성경 말씀에 비추어 비록 현재 내 아래에서 나의 보호를 받으며 생계를 유지하는 사람도 언젠가 나보다 더 높은 자리에서 나를 제압하거나 또는 이끌어 줄 사람이 될 수 있다는 사실을 늘 명심하며 나의 자리에 연연해하지 말고 자랑도 하지 말며 하루하루의 삶에서 사람을 대함에 있어 항상 겸손해야 할 것이라는 가르침 또한 주십니다.

　이처럼 군데군데 빛나는 보석을 숨기고 있는 성경 말씀도 풀이가 힘들거나 이해가 되지 않는 부분이 많다고 느낍니다. 교인이라면 성경의 일점일획까지 이해하고 싶은 욕심이 나기 마련이겠으나 주님은 말씀하십니다. 우리가 알아야 할 부분들이 있지만 우리 인간의 수준에서 다 이해할 수 없는 부분이 있어야 선을 넘지 않는 신앙을 유지한다고 말입니다. 내가 다 이해하는 신은 내가 만든 신일 수 있으며 성경 말씀을 주신 이는 우리보다 훨씬 크신 분이므로 이해하기 위해 최선을 다해 노력을 기울여야 하겠지만 이해되지 않는 말씀이나 받아들여지지 않는 말씀으로 인해 신앙을 포기하는 일은 없어야겠습니다. 높지도 낮지도 않은 나의 자리를 지키는 신앙인으로 거듭나기를 스스로 기대해 봅니다.

2020년 12월 10일
이승태 목사님의 아침 설교 말씀을 듣고

경쟁의 종말

"무조건 일등 해라.", "대학은 무조건 서울로 가라."

어릴 때부터 모두가 많이 들으며 자란 말들입니다. 인구 밀도가 높고 생산 자원이 부족한 여건 속에서 상하층의 유일한 이동 수단이 학문적 성취였던 시기의 사회에 편만했던 가치 체계로 인한 사고의 편중이 빚어 낸 결과물이라 생각됩니다. 물론 학문적 성취가 필요 없다는 의미와는 다르겠죠. 사실 작금에는 학문적 성취가 부나 명예를 가져다주지 못한다는 사실이 공공연한 사실이 되었습니다.

이마저도 이제는 힘들어져 버린 세태 속에서 다시금 새로운 좌절을 겪는 젊은 세대가 집중하는 것은 무엇일까요? 일확천금의 꿈이나 아니면 병리적 쾌락으로 사회와 거리를 둘 수밖에 없는 처지로 전락하게 되는 것이 아닐까 하는 생각이 들어 안타깝습니다. 사회적 성취의 척도인 부와 명예는 이제 부라는 일차원적인 가치 척도로 변모하고 있으며 무슨 수단을 동원해서라도 부자만 되면 된다는 식의 잘못된 인식은 교육에 의해 반드시 바로잡아야 할 기성세대의 큰 숙제일 것입니다.

하지만 서양에서 들어온 미성숙했던 자본주의가 동양에서도 서서히 자리를 잡아가면서 부에 대한 사람들의 시각도 이제는 바뀌어 가고 있습니다. 예전의 한국 사회를 지배하던 가치들이 이제는 새로운 가치들로 채워지고 있는 것이죠. 그중 단연 으뜸은 신자유주의라는 금융 자본주의의 패러다임이 한국 사회에도 서서히 자리를 잡아 가고 있다는 것일 텐데 개발도상국 시절 자신의 피땀 어린 노력으로 계급 이동이나 부의 축적을 일궈 내는 것이 당연시되던 시대에서 이제는 선진국 형태의 부의 축척 패턴이 일반화되어 가고 있습니다.

"황금 보기를 돌같이 하라."

어릴적 도덕책에서 최영 장군이 아버지로부터 받은 평생의 가르침이라 배웠습니다. 사실 이 말은 부와 명예를 돌처럼 하찮게 여기며 살아가라는 말은 아니었을 것입니다. 집현전 태학사를 지낸 가문 출신으로 온갖 부와 권력을 거머쥐었던 최영 장군이 돌이 품고 있는 기품을 모를 리 없었고 그의 아버지는 돌이 가지고 있는 인간의 존엄과 학문적 양심을 포기하지 말라는 의미에서 자칫 국가 지존에 버금가는 권력과 부를 유산으로 받아서 살아갈 아들에게 겸손의 미덕을 가르친 명언이라 생각됩니다만 어릴 적부터 "돈을 밝히면 못 쓴다.", "돈은 자연히 따라온다."라는 말들을 들으며 자라온 기성세대들은 어쩌면 돈의 가치는 알아도 잘못된 사용으로 인해 아직도 한국에서는 많은 사람들이 노년 빈곤층으로 전락하고 있는 것이 아닐까 생각됩니다.

노년 빈곤층의 지속적인 성장! 과연 무엇이 문제였을까요? 그 근본을 들여다보면 지위재와 비지위재 사이에서 갈등하는 많은 사람들이 있음을 알게 됩니다. 지위재란 집, 자동차, 결혼식 등과 같이 자신의 지위를 과시하는 소비재를 의미하고 비지위재란 안전이나 노후 대책 등과 같이 지위를 나타내지는 않지만 삶의 질에 직접적으로 영향을 주는 소비재를 의미한다고 합니다. 로버트 프랭크라는 코넬대학 경제학 교수는 지위재와 비지위재를 균형 있게 또 지혜롭게 소비할 줄 아는 사람은 그리 많지 않다는 데 초점을 맞추어 경쟁의 종말이라는 명저를 저술한 것 같습니다. 사실 우리는 비지위재에 대한 소비를 지위재보다 더 많이 소비해야 하지만 대부분의 사람들은 필요치 않는 과시욕에 사로잡혀 지위재에 대한 소비를 낭비적으로 한다고 합니다. 필자도 예외는 아닙니다.

경쟁의 종말이라는 책에서 로버트는 애덤 스미스가 주장한 고전적 의미에서의 자유주의자들과 다윈의 관점에서 본 통제 경제를 비교하며 보이지 않는 손에 의해 통제되는 현대의 시장 경제가 처할 수 있는 위험을 잘 설명하고 있습니다. 자유주의자들이 빠지기 쉬운 함정 중의 하나로 꼽는 것은 비효율적인 정부의 낭비적인 지출로 세금이 오용되는 일이 발생할 수 있으므로 국가의 크기는 최대한 줄이고 세금도 최소화 하는 것이 현대 사회의 적절한 국가의 모습이라고 주장하는 것입니다.

그러나 그는 그것보다 더 무서운 것은 대부분의 낭비는 민간 부문에서 발생하는 낭비이며 이는 지위재에 대한 소비에 열을 올리는 민간 부문의 소비에서 발생하고 있다고 경고합니다. 다시 말해

인공지능

자유주의자들은 강한 정부가 안전 규제 등을 강화함으로써 필요 이상의 조세를 통해 낭비가 발생하는 것이라고 주장합니다. 즉, 산업 안전 규제를 터무니 없는 수준으로 끌어올리므로 "당신들의 돈은 당신들에게로."라는 모토로 유명한 조지 부시 대통령의 세금 감면 정책에 공감하면서 사회 시스템의 불균등한 정황보다는 자신들이 누릴 절대 가치를 우선시하기 때문에 작은 정부를 지지하게 된 것이라 설명합니다.

다윈의 관점에서 본 통제 경제란 그럼 어떻게 다를까요? 사실 다원주의라 함은 대부분 약육강식의 치열한 자연 세계의 논리가 인류의 경제 사회 시스템에 적용되어 빈익빈 부익부가 당연하다는 식의 이론적 토대를 제공하는 이념으로 생각하기 쉽지만 다윈이 주창한 이론들은 실로 다양한 관점에서 기존의 사회 경제적 관점을 뒤집을 만한 많은 이념들을 아우르고 있다고 합니다. 그중 개인과 집단의 이익이 상반됨으로 인해 발생되는 자연계의 변화 양상에 대한 그의 관찰은 시사하는 바가 크다고 할 수 있습니다.

예를 들어 말코사슴이라는 동물은 필요 이상으로 큰 뿔로 유명한데 체격에 비해 거대한 뿔로 인해 목숨을 경주해야 할 비상시에 나뭇가지에 뿔이 걸려 먹잇감이 되는 경우가 허다하다고 합니다. 물론 그렇게 큰 뿔을 가질 수밖에 없었던 원인으로는 다른 수컷과의 경쟁에서 우위를 차지하여 생식에 유리한 지위를 차지하기 위해 진화된 탓이라고 합니다. 이러다 보니 개인적인 관점과 집단의 관점에서 그 이익이 상반되는 경우는 허다한 법인데 인간 사회의 경제 사회 시스템을 유지하는 차원에서 일률적인 자유주의적 관점을 적용해서는 안 될 것이라는 것이 그의 주장입니다.

예를 들면 직장에서의 안전 문제를 개인의 이익을 극대화하는 데 초점을 맞춘 자유주의 입장에서는 잉여 투자금을 안전에 투자하기보다는 노동자들의 월급을 늘려 주는 데 쓰기를 바랄 것입니다. 그로 인한 상해나 인명 손상은 월급의 증가로 누리는 이익보다 훨씬 심각한 위험을 초래하겠죠. 경쟁의 종말에서는 민간 부문의 비지위재의 소비에 대한 낭비를 막는 방법(안전, 의료 체계 소홀로 인한 생명 소실 등)으로 제시하는 것이 국가에 의한 규제와 세금입니다. 즉, 적절한 규제를 통해 민간 부문의 반드시 필요한 비지위재 소비를 늘리고 세금을 통해 민간 차원의 지위재 낭비를 줄일 수 있다고 주장합니다. 세금을 통해 지위재의 낭비를 줄인다는 것은 예를 들어 고율의 누진세를 적용하여 사치 소비재와 같은 지위재 소비를 줄이고 늘어난 세수로 빈곤층의 복지나 사회 기반 시설, 의료 시설, 안전 시설 등의 비지위재에 대한 투자를 확충할 수 있다는 것입니다.

사실 이민자로 살아가는 이민 1, 2세대들은 아메리칸 드림이라는 말을 자주 듣고 또 쟁취하려 노력합니다. 아메리칸 드림이 가능한 것은 과연 개인의 피나는 노력으로만 가능한 것일까요? 경쟁의 종말에서 로버트 교수는 아메리칸 드림을 가능하게 하는 것은 개인의 노력이나 재능보다 이미 형성된 사회 기반 시설과 이미 세금으로 지불된 국가 시스템이라고 주장하고 있습니다. 실재로 부자

인공지능

의 반열에 오르기 위해서는 재능이나 노력과 더불어 운도 또한 따라야 할 것입니다.

마이크로소프트를 통해 세계 최고의 부를 일구었던 빌 게이츠의 경우 스스로 자신은 운이 억세게 좋았었다고 인정하고 있습니다. 다시 말해 상위 1%를 차지하는 사람들은 순수한 노력만으로 또 경쟁력만으로 그만한 부를 일구었다고 보기는 힘들다는 사실입니다. 이것이 그가 주장하는 고율의 누진세에 대한 합법성을 뒷받침하고 있습니다. 사실 미국은 자유주의 시장 시스템과 규제가 적절히 조화되어 사회에 이로운 가치를 제공함으로써 누구나 부의 창출이 가능한 나라이지만 그 속을 들여다보면 누구나 인정하듯이 극심한 빈부의 격차를 겪고 있는 나라이기도 합니다.

결코 변하지 않을 극도의 시장 경제와 자유 경제를 추구해 왔던 미국도 최근의 정치 지형을 살펴보면 버니 샌더스와 같은 극히 사회주의적 복지 정책을 주창하는 사람들도 등장하면서 가까운 미래에 그 변화가 감지되고 있습니다. 이러한 정치 지형의 변화는 실제로 기술적 변화와 더불어 가속화될 수도 있다는 것이 필자의 생각입니다. 정치 지형의 변화로 인해 미국 전체를 유럽의 복지 국가들처럼 급속히 변화시킬 수는 없을 것입니다. 그러나 현재 진행되고 있는 기술적 진보들을 살펴보면 멀지 않은 장래에 수많은 직업들이 기계로 대체되고 그로 인해 인류는 새롭게 자신의 인생을 설계해야 할 시점이 다가오고 있습니다.

예를 들면 대부분의 단순 노동직이나 단순 사무직, 가사 노동, 더불어 공장 노동자들도 기계로 대체될 가능성이 큽니다. 인공지능이라는 기술과 로봇, 그리고 자동화라는 기술들이 각자의 분야에서 발전해 오다가 현대의 융합 기술로 접목되면서 엄청난 시너지를 내고 있고 융합 기술은 그 발전 속도가 더욱 가속화될 것이 분명하기 때문입니다. 결과적으로 인류는 조만간 새로운 기술 문명 시대로 접어들게 될 것입니다. 노동을 통해 삶의 질을 향상시키고 인생의 행복을 추구하던 시대에서 기술 문명에 의존적이면서 고도화된 서비스업이 주종을 이루며 끊임없는 자기 개발이 필요한 시대로 접어들게 될 것입니다.

이러한 시대에는 선진국들의 금융 자본주로의 변화가 급격하게 일어나며 금융과 기술에서의 변화를 성공적으로 이룬 선진국들은 미개발국이나 개발 도상국들과의 차이를 더욱 확연히 늘려 가게 될 것입니다. 더욱 심각한 것은 미개발국이나 개발 도상국들이 노동 집약적 산업 위주의 구조 속에서는 선진국으로의 도약조차 힘들어질 것이라는 점입니다. 이러한 변화는 오늘을 살아가는 개인들에게도 똑같이 일어날 수밖에 없습니다. 즉, 자신의 노력만으로 부유하게 되기는 힘든 세상이 되었다는 뜻이겠지요.

그럼 모두가 금융 자본주의자가 되어야 할까요? 물론 선택의 자유는 주어지지만 본류에서 도태된 사람들은 그만큼 삶의 질에서 낙오될 수밖에 없을 것입니다. 월가를 중심으로 한 미국의 금융 자본주의는 그 도가 지나쳐 위험한 파생 상품과 위험 자산 거래 등으로 엄청난 부를 이루고 있습니다. 월가의 어느 금융 회사의 대표가 받는 연봉이 일반 회사 직원들과 비교했을 때 많게는 500배에 달한다는 이야기도 있습니다. 그러나 그들의 위험한 거래 작태는 2007년 과거에 그 유래가 없던 금융 위기를 가져왔고 그로 인해 고통받은 것은 고연봉 대표들이 아니라 사회의 일반 근로자들이었음을 우리는 잘 알고 있습니다.

그래서 금융 자본주의는 나쁜 것이니 쳐다도 보지 말아야 할까요? 그 대답은 사실 '아니오.'일 것입니다. 왜냐하면 미국 정부와 연방준비제도 이사회의 담합으로 인해 매년 발생하는 인플레이션에 그 이유가 있습니다. 인플레이션은 사실 디플레이션보다 훨씬 나은 경제 상황이므로 걱정할 필요가 없다고 할 수도 있겠으나 사실 인플레이션으로 인해 손해를 보는 쪽은 금융 자본을 소유하지 못한 일반 국민들이라 할 수 있습니다. 금융 자본이 없는 경우 인플레이션으로 인한 화폐 가치 저하로 인해 자신이 보유한 금전의 가치가 매년 떨어지고 또 매년 받는 연봉의 가치 또한 서서히 추락하기 때문입니다. 다시 말해 열심히 일한 대가로 받는 연봉만으로는 매년 발생하는 인플레이션으로 인해 서서히 자신의 사회적 지위가 하락하게 되는 것이죠. 예를 들면 자동차의 가격이나 부동산 가격 변화를 잠시 살펴보면 알 수 있습니다. 자동차의 가격은 중형 세단의 경우 20년 전 몇백만 원이면 살 수 있었던 것이 이제는 수천만 원을 호가하고 있고 집값 또한 마찬가지로 평균 약 5%에서 많게는 20%씩 매년 오르다보니 같은 금액으로 10년 전에 살 수 있었던 집과 현재 구매할 수 있는 집의 크기는 현격히 차이가 납니다.

금융 자본주의에서 살아남는 방법은 무엇일까요? 사실 대답은 비교적 간단합니다. 지위재에 대한 소비를 줄이고 비지위재에 대한 소비를 늘리는 현명함으로 소비 패턴을 바꾸는 것입니다. 다시 말해 노년을 대비해 주식, 채권 투자를 일정 수준 하는 것이 좋고 여기에 레버리지를 일으킬 수 있는 투자, 즉 부동산 투자를 통한 금융 자산을 확장해 간다면 좀 더 나은 노년을 보낼 수 있을 것입니다. 그러나 누구나에게 투자를 권할 수는 없는 일이겠죠. 자신의 성향에 맞는 투자를 발견하는 것이 중요하며 또 많은 공부를 통해 확실한 자신만의 투자 관점이 생긴 후에야 투자로 인한 실패를 경험하지 않기 때문입니다.

사실 요즘은 100세 시대라는 말에 걸맞게 고령층 인구가 증가하고 있고 현대를 살아가는 우리 또한 수명 연장으로 고령에 이를 가능성이 증가하고 있습니다. 이러다 보니 노년 빈곤 문제는 누구나 한 번쯤 심각하게 그 폐해를 생각해 보고 슬기롭게 대처하지 않으면 안 될 문제가 되었습니다. 하루하루 생활하기도 바쁜 상황에서 투자를 통해 금융 자산을 늘여 가는 것이 불가능해 보일지는 모르지만 국가 정책과 금융 자산가들로 인해 발생하는 인플레이션으로 인한 불이익을 당하지 않기 위해서는 한 번쯤 진지하게 생각해 보아야 할 것입니다. 그리고 여기에 한 가지를 덧붙이자면 정치 지형의 변화를 무시하지 말고 가끔씩은 그 변화에 귀를 기울여 보아야 한다는 것입니다. 대부분의 선진국이 금융 자본주의로 그 경제 기조를 조율하고 또한 개발 도상국들조차 그 길을 가기 위해 발버둥

인공지능

치는 세계사적 흐름을 두고 볼 때 피할 수 없는 변화인 것은 분명하지만 그 폐해 또한 엄청난 것을 잘 우리는 잘 알고 있습니다.

그럼 어떻게 해야 할까요? 바로 정치 참여를 통해 그들만의 리그가 형성되는 것과 우리가 자본의 노예로 전락하는 일을 막아야 될 것입니다. 정치 참여란 그리 거창한 것이 아니라 우리가 가지고 있는 소중한 주권인 투표권을 행사하는 것입니다. 우리가 땀 흘려 벌어들인 재산을 인플레이션의 함정에서 지키기 위해서는 투표를 통해 후보자가 통치적 관점에서 지위재에 비중을 주는지 아니면 비지위재에 비중을 두는지를 살펴 자신의 권리를 꼭 행사하는 정성이 필요합니다.

한 가지 주의해야 할 것은 후보자의 공약만 볼 것이 아니라 후보자의 삶의 궤적 또한 살펴보는 정성 또한 필요하다는 것입니다. 말은 하기 쉽지만 행동은 하기 어렵듯이 허위 공약만 남발하는 인물인지 아닌지를 또한 자세히 살펴야 하기 때문입니다. 기껏 내가 행사하는 한 표로 세상이 바뀔 것도 아니라는 생각에 투표권을 포기하는 사람은 통치자의 실정으로 인해 자신의 재산이나 오랫동안 몸담았던 일터로부터 실직을 당해도 상관없다고 생각하는 것과 하등 차이가 없다고 생각합니다. 그러한 고통과 아픔으로 인해 내가 또 나아가 가족이 받아야 할 엄청난 고통을 감내하지 않기 위해서라도 가끔은 정치 지형과 그 변화에 주의를 기울이는 것이 필요할 것입니다.

하나님은 결코 우리가 빈곤하게 살아가기를 원치는 않으신다고 생각합니다. 물론 하나님과의 돈독한 관계를 설정하고 살아간다면 우리가 통제할 수없는 부를 주시지도 않을 것입니다. 통제할 수 없는 부는 오히려 독이 되어 우리를 치는 사건은 성경에서도 무수히 보아 왔기 때문입니다. 솔로몬의 말년이 그랬고 탕자가 돼지우리에서 지냈으며 부자 청년도 가진 부로 인해 구원의 기회를 놓쳤었습니다.

하나님의 경제는 어디에 가까울까요? 당연히 자유 시장 경제보다는 복지 사회가 교회의 원형에 부합하는 모습이겠죠. 서로를 돌아보아 나누어 주라고 하신 것은 분명히 복지 사회가 지향하고 있는 더불어 사는 삶을 표방하고 있습니다. 그러니 주는 사람도 받는 사람도 사회의 구성원으로서 당당히 자기 권리를 주장하며 평화로운 사회를 만들어 가는 것이 하나님이 제시한 경제 사회의 원형입니다. 그러나 받는 사람보다는 주는 사람이 복이 있다고 하신 말씀에서 보듯이 주는 사람이 될 수 있다면 그 길을 가는 것이 현명할 것입니다. 그리고 주는 사람이 없다면 받는 사람도 없으니 경제가 유지될 수 없겠죠. 또한 부자가 되는 것을 싫어할 사람도 없을 것입니다. 그러나 성경에서는 분명히 말씀하고 있습니다. 부는 하나님이 하늘 곳간의 창고 문을 열어 주셔야 가능하고 말입니다. 그럼 그 곳간 문이 열리기만 바라면 될까요?

하나님의 경제는 십일조의 경제라고 해도 좋지 않을까 생각합니다. 십일조는 교회에서 조차도 매우 민감한 사안이어서 이에 대한 설교를 아끼는 목사님들이 많다고 들은 바 있습니다. 하지만 하나

인공지능

님께서 한 가지 우리에게 하나님을 시험하라고 직접 말씀하신 것이 있습니다. 바로 십일조입니다. 십일조를 드려 내가 하늘 창고문을 활짝 여는지 열지 않는지 시험해 보라고 하셨습니다. 부자가 자신의 소유 일부를 드릴 때 사르밧의 한 과부는 자신의 모든 것을 드렸습니다. 그로 인해 마르지 않는 기름병을 선물받게 됩니다. 모든 것을 드린다는 사실에서 중요한 것은 내 소유에 집착하지 않고 어려움을 겪을 줄 알면서도 주님이 원하시는 것을 드리는 마음이라 생각합니다. 다시 말해 내 삶을 내가 경영하는 것이 아니라 온전히 주님께 맡기겠다는 믿음의 고백입니다.

사실 십일조에 대해 필자가 가지고 있던 가장 큰 의문 중의 하나는 과연 하나님은 어떻게 내 소유와 벌어드리는 금액을 아시고 십일조를 했는지 하지 않았는지 아실까 하는 것이었습니다. 세상 모든 믿는 사람들의 수입을 찾아서 십분의 일을 계산한다는 것이 가능할까 하는 어쩌면 어리석은 의문이었다고도 생각되지만 공학을 전공한 사람으로서 숫자를 정리하고 계산하는 일을 하다 보니 또한 당연히 드는 의문이었지 않나 생각됩니다. 세상에 있는 가장 좋은 슈퍼컴퓨터가 있다고 해도 불가능하다고 생각되었기 때문이었죠.

그렇게 오랫동안 지내 왔는데 얼마전 주님께서 답을 주셨습니다. 십일조를 했는지 하지 않았는지는 내 수입을 보고 아시는 것이 아니고 내 마음을 보고 아신다고 하셨습니다. 하나의 의문에 너무 집착하는 것이 애처로워 답을 주신 것이리라 생각되지만 그분의 답은 정말 명쾌하였습니다. 내가 십일조를 했을 때와 하지 않았을 때의 마음을 내가 잘 알기 때문에 내 마음의 중심에 있는 생각을 모르실 이 없는 그분은 간단히 그 사실을 알 수 있는 것이죠. 그럼에도 불구하고 가끔씩은 십일조에 어려움을 겪는 필자가 부끄러울 따름입니다.

　요약하면 금융 자분주의는 현대를 살아가는 우리에게는 피할 수 없는 흐름이고 가진 자산에 불이익을 당하지 않으려면, 또 노인 빈곤 문제를 해결하려면 모두가 한 번쯤 진진하게 생각해 보아야 할 주제입니다. 그러나 그 문은 내가 열면 실패할 가능성이 큽니다. 하늘 곳간의 열쇠를 가지고 계신 주님께 온전히 맞겨 실패하는 일이 없도록 해야 할 것입니다.

　　　　　　　　　　　　　　　　인공지능

대한민국이 선도합니다

"네가 만약 늙은 어미보다 먼저 죽는 것을 불효라 생각한다면 이
어미는 웃음거리가 될 것이다.
네가 나라를 위해 이에 이른즉, 딴 맘먹지 말고 죽으라.
옳은 일을 하고 받은 형이니 비겁하게 삶을 구걸하지 말고 대의에
죽는 것이 어미에 대한 효도이다.
여기에 너의 수의를 지어 보내니 이 옷을 입고 가거라."

하얼빈에서 이토 히로부미를 처단하고 대한민국 국민들의 독립
에 대한 염원을 만방에 알렸던 안중근 의사의 모친이신 조성녀 여
사께서 아들에게 보낸 편지의 일부입니다. 이 글을 처음 대했을 때
의 충격이 전신을 떨리게 할 만큼 컸던지 아직도 뇌리에 생생하게
전율의 조각들이 파편처럼 남아 있습니다. 나가사키에 떨어진 '리
틀 보이'라는 TNT 약 2만 톤급 핵폭탄의 위력보다도 더욱 확연히
영혼에 기억될 조 여사님의 편지글들을 더듬어 보며 오늘날의 대
한민국이 존속할 수 있었던 큰마음들을 찾을 수 있어 행복했습니
다.

개인에게도 개인사를 되돌아보면 삶의 굴곡들이 처처에 켜켜이
묻어 있는 것처럼 한 나라의 국운 또한 등락을 거듭하며 역사의 뒤
안길로, 또 세상의 발등상으로 우뚝 서기도 하지요. 고조선 시대로

부터 굴곡진 세월이 끊일 새 없었던 이 한반도에도 20세기에 들어와 나락으로 떨어졌던 국운이 이제는 정점을 향해 도약 중이라는 정황들을 유독 많이 대하는 때입니다. 다만 그 도약의 근간에는 자연스러운 사이클이라고 치부해 버리기엔 너무도 아프고 뼈저린 성찰들의 뿌리가 있음을 알기에 더욱 처연해질 수밖에 없습니다. 성찰의 뿌리가 되었던 한국의 근현대사를 잠시 돌아보면 그 이면에는 가장 가까우면서도 멀게 느껴지는 나라 일본이 있습니다.

일본사의 큰 변화의 줄기 중에는 에도 막부시대를 열었다고 알려진 도쿠가와 이에야스가 일본 전국시대를 평정하기 전, 오다 노부나가라는 천재의 탄생을 좌시할 수 없을 것입니다. 로마의 카이사르처럼 지나친 자신감이 불러온 참사를 피할 수는 없었지만 그가 남겼던 전술의 혁명은 토쿠가와 이에야스를 거쳐 성리학적 논쟁으로 국운이 쇠퇴하던 조선에 치명상을 입힌 토요토미 히데요시에 이르기까지 발전을 거듭하며 대륙 진출의 기틀을 마련하였고 일본 역사상 또 하나의 천재로 거론되는 요시다 쇼인과 그의 제자들에 의해 서양의 문물을 적극 수용하는 이른바 메이지 유신을 단행하기에 이르게 됨을 우리는 잘 알고 있습니다.

서양 제국주의의 행태를 그대로 답습하며 한국을 속국으로 만들고 대동아라는 기치 아래 나치와의 삼국 조약을 체결하며 전 세계를 향한 도발을 감행하였던 일본의 역사를 우리 모두 절절이 기억합니다. 유관순 의사의 3·1 독립 운동으로 대변되는 민족 저항 운동이 확산되었고 그 불길이 차츰 식자 일본 신임 총독 사이코 마코

인공지능

토에게 폭탄 투척을 감행했던 강우규 의사의 폭탄 투척 사건에 이르기까지 변화의 물결을 거부했던 정치 세력의 실책을 만회라도 하려는 듯 민중에 의해 주도된 변화의 물결은 민족 앞에 놓인 절체절명의 위기를 외면하지 않았습니다. 당시 노인의 몸으로 젊은이들에게 강렬한 도전을 주었던 강우규 의사의 의거는 이후 의열단 의혈 투쟁의 기폭제가 되는 등 민족의 독립에 대한 염원은 사라지지 않고 그 후로도 독립에 대한 염원은 온 국민을 하나로 묶기에 충분했습니다.

이후 일왕의 항복으로 대한민국은 독립을 맞이하지만 효율과 안정에만 치우쳤던 미군정의 전략으로 인해 친일로 연명했던 경찰들이 다시금 정권을 잡은 것은 친일 청산은 고사하고 다시금 망국의 그림자가 한국에 깊이 드리워지며 한국 현대사의 커다란 아픔으로 남아 있는 것 또한 엄연한 사실입니다. 실로 일제시대부터 그 부를 축척하고 한국 땅에 깊이 뿌리를 내렸던 친일 세력들은 정치뿐만 아니라 언론에 이르기까지 한국의 현대사를 친일 색으로 물들이며 나름의 경제 발전을 이루어 왔지만 한국 사회의 근간을 흔들 만큼 그 기세가 최고조에 달했던 80년대에 이르기까지 실로 친일 세력이 한민족에게 남긴 상처는 하나둘이 아닙니다.

하지만 대한민국은 이에 굴하지 않고 죽었던 독립 투사들의 혼령이 이 땅을 염려했는지 서서히 친일 세력은 그 힘을 잃어 가고 기득권으로 세력화된 그들의 자원도 서서히 고갈되어 가는 것 같습니다. 소위 풀뿌리 민주주의가 시작되면서 비록 혁명적 자력 민주주의는 이루지 못했더라도 대한민국도 세계사의 커다란 변혁의 물결에 서서히 변화해 온 것이 사실입니다.

이처럼 중국과 일본이라는 양대 강국의 도발을 받으며 꺼질 것 같았던 국운이 다시 살아나기를 수백 년. 그동안 한국인의 피는 진해졌고 그 정신력은 배로 강해지며 짓밟힐수록 더욱 기승을 부리는 잡초처럼 세상의 탄압에 항거한 민족의 존속은 그 명맥을 유지하며 안중근 의사와 같은 거대한 정신의 탄생을 보았고 마침내 오늘날 대한민국은 세계 앞에 우뚝 서서 그 존재를 세상 사람들에게 각인시키는 자랑스러운 민족의 반열에 오르게 되었습니다.

사마천의『사기』에 있는 동이 열전편에는 당시 고조선을 남녀 무론하고 밤새 모여 가무를 즐기는 민족으로 소개하고 있다고 합니다. K-Drama, K-pop으로 시작된 한국의 문화가 세계에 소개되기 시작하는 것이 결코 우연이 아니라는 심증이 생기는 대목입니다. 몇 년 전 민족의 영혼까지 흐느끼게 했던 세월호 사태를 겪으며 인명 존중이라는 고귀한 가르침을 온 민족이 몸소 채득함으로써 코로나 바이러스에 대한 대응에 국민 모두가 최선을 다하며 보건과 건강에서도 세계 표준이라는 새 역사를 써내려 가고 있음을 볼 때, 또 한 번 자랑스러움을 느끼지 않을 수 없습니다. 바야흐로 K-Med 시대가 열린 것입니다. 그러기를 잠시, 미국 ESPN에서 시작한 한국 KBO(프로 야구) 방송은 또 어떤가요? K-Sport 시대도 성큼 다가온 것인가요?

우리는 구소련 해체의 배경에 미국과 사우디 사이의 아람코 합

인공지능

의가 있었음을 잘 알고 있습니다. 최근 유가의 흐름을 볼 때 미국 경제에 결정타를 날릴 기회를 엿보며 오랫동안 준비해 왔음을 증명하듯 사우디와의 감산 합의에 돌을 던진 러시아의 푸틴 대통령은 바이러스 팬데믹으로 세계 경제가 휘청거릴 때 미국에 결정타를 날렸습니다. 3년간의 긴축 재정으로 유동성을 확실히 챙기고 난 후였으니 미국에 제대로 복수를 한 것이라하겠지요. 막대한 경제 재건 자금으로 달러 지수는 내리막길에 들어섰고 이로 인해 2, 3년 후 달러의 위세가 한풀 꺾이게 되면 미국도 고물가로 대변되는 인플레이션 시대를 맞을 것이라고 예측할 수 있습니다.

이는 무엇을 의미할까요? 세계 기축 통화로 자리 잡은 달러라는 막강한 고속열차에 무임 승차해 온 미국 주도의 세계 경제 질서에 어느 정도의 변화가 올 것이라는 예측이 가능해집니다. 또한 사우디처럼 세계 9위의 강대국 지위를 누려 온 나라에도 큰 변화가 감지됩니다. 세계 최대 산유국인 사우디는 국민의 절반 가량이 공무원으로 채용되어 있고 경제를 움직이는 대부분의 일들은 외국 근로자들에 의해 돌아가는 체제라고 합니다. 이번 팬데믹의 최대 피해국이 되어 버린 사우디는 유가 폭락으로 인한 국가 재정 파탄뿐만 아니라 경제를 움직일 일손조차 확보하기 힘든 상황이 되어 버렸습니다. 매너리즘에 빠져 있는 만년 공무원들이 경제 주체가 되기 힘든데다 팬데믹으로 해외 근로자 충당도 어려워졌기 때문입니다. 마침내 세계 9대 강대국의 위치를 대한민국에 내어 줌으로써 세계 10위로 추락했고 조만간 그마저도 흔들릴 것이라는 전망이 나오고 있습니다.

반면에 대한민국은 팬데믹 극복의 모범을 보이며 세계 경제의 쌀로 불리는 반도체 기술에서 최전선을 달리는 등 세계 10대 강국의 벽을 넘어서서 이제 세계 200여 개 나라 중 한 자리 숫자의 강대국에 도달하는 기염을 토했습니다. 바야흐로 K-Power의 시대가 도래한 것입니다. 전쟁 후 먹을 것이 없어 술지개미를 받아먹으며 생명을 연명해야만 했던 사람들이 부지기수였던 민족이 이제 한 자리 수 강대국의 반열에 우뚝 섰다니 자랑스럽지 않을 수 없습니다.

이제 한국에 남은 것이 있다면 무엇일까요? 현재의 한국 사회의 가장 큰 문제를 꼽으라고 하면 아마도 사회적 획일화로 인한 인구 절벽 문제가 아닐까 생각됩니다. 물리적이고 심리적인 밀도가 너무 높음으로 인해 청년들이 느끼는 한국에서의 삶이 그다지 행복하지 않다는 것이 가장 큰 문제인 것 같습니다. 그 이면에는 서울 중심의 경제 체제로 인해 대부분의 청년들이 서울 상경을 아직도 동경하고 있고 정작 서울에 가서는 물리적, 심리적 밀도 때문에 행복을 느낄 수 없다는 것이 안타까운 현실입니다. 그로 인해 미래에 대한 보편적 행복을 꿈꾸는 청년들이 사라지고 있습니다. 그와 더불어 저조한 출산율 또한 인구 절벽의 근본 이유가 되고 있습니다. 한국 여성들의 출산 시기는 세계 다른 나라에 비해 26세에서 29세에 집중되어 있다고 하는데 세계 유수의 나라는 여성들의 출산 시기가 20세부터 40세까지 고르게 분포되어 있다는 데 주목해야 할 것입니다. 다시 말해 한국 사회는 출산율이나 출산 연령마저도 획일화되어 있다는 사실입니다.

그럼 왜 대한민국은 거의 모든 분야에서 획일적 특성을 보이고 있을까요? 그 답은 아무래도 수많은 전쟁으로 인한 파괴의 기억들과 재빨리 파괴 이전의 상태로 되돌아가고자 했던 한민족에게 지속적으로 행해진 강화 학습의 결과가 아닌가 생각됩니다. 세대를 거치며 진행된 강화 학습은 한국인의 DNA에 깊이 뿌리내리게 되었을 것입니다. 한국인의 획일적 특성은 근대 사회에 들어와서도 여전히 지속되었습니다. 광복 후 폐허의 상황에서 성장 주도적 산업 구조를 이루기 위해 다양성에 무게를 둔 문화나 정책을 펴기 힘들었고 오히려 세계의 평균치에 오르기 위해 너무 오랫동안 선택과 집중에만 중점을 둔 성장 주도적 개발 정책을 펼쳤으며 이것이 한국인의 인식에 획일화의 특질을 다시금 재생산한 것이라 생각됩니다.

『총, 균, 쇠』로 유명한 제러드 다이아몬드의 또 다른 걸작인 『대변동』에서 그는 세계를 위협할 미래의 문제로 1) 핵무기, 2) 기후 변화, 3) 자원 고갈, 4) 불평등, 5) 이슬람 근본주의, 6) 전염병, 7) 소행성 충돌 그리고 8) 생물종 멸종 등을 꼽고 있습니다. 누구나 대체로 공감하는 문제들이지만 이러한 잣대를 한국 사회에 들이대어 본다면 2020년 세계를 강타한 전염병과 더불어 한국 사회의 가장 큰 미래의 위협은 사회적 불평등이 될 수 있을 것이라 생각됩니다. 가지고 못 가진 자 사이의 불평등이라기보다는 획일화를 통해 모두가 상대적으로 느끼는 불평등입니다.

　대부분의 사람들이 고학력자가 된 한국 사회에서는 불평등에 관한 인식이 덜하지 않을까 생각되지만 오히려 그 반대의 상황들이 전개되는 것을 우리는 알고 있습니다. 교육은 평준화되었지만 사회에서의 성패에 의해 느끼는 불평등은 사람들을 옥죄는 수갑이 되는 결과를 낳았습니다. 다시 말해 성장 주도적 개발 정책으로 인해 대학 진학률이 너무 높다 보니 세계에 그 유래를 찾기 힘든 70퍼센트대의 대학 진학률을 보이며 사람들의 삶의 질에 대한 눈높이가 과도하게 높아진 것이 아닌가 생각합니다.

　자연스레 오늘의 젊은이들은 보편적 삶의 행복을 추구하기보다는 다시금 자신의 자원을 총동원하여 보다 나은 삶을 지향하며 자기 개발에 몰두하다 보니 결혼 적령기를 놓치거나 출산을 기피하면서 국가적으로는 인구 절벽의 덫에 걸려 고통받게 된 것이 아닐까 생각됩니다. 같은 출발선상에서 앞서 가는 동료들로 인해 느끼는 패배감이나 또 그로 인한 미래에 대해 느끼는 불안감이 그 원인이 된 것이겠죠.

　자원의 저주라는 말이 있습니다. 자원의 저주라는 잣대를 대한민국의 인구 절벽에 대어 본다면 고등 교육을 받은 인적 자원이 너무 넘쳐나기 때문일 수 있다는 생각이 듭니다. 그럼 교육을 그만두어야 할까요? 고등 교육을 받는 사람들의 수를 줄이는 것이 인구 절벽을 줄이는 방법일까요? 그렇지는 않을 것입니다. 인적 자원이 저주가 되지 않기 위해서는 고등 교육을 지향하면서도 천편일률적

인공지능

인 교육 내용을 타파해야 하지 않을까요?

거기에 다양성이라는 양분을 뿌려 아름다운 정원을 꾸미듯 서로 비교해 봐야 의미가 없는 다양한 사회 진출과 삶의 방식을 만들어 내면 어떨까요? 우리는 잘 모르거나 멀리 있는 사람들과의 불평등보다는 가까운 사람들과의 비교를 통한 상대적 불평등으로 인해 불행을 느끼는 법입니다. 다른 사람과의 비교를 하지 않기 위해 비교가 되지 않는 사회를 만들 필요가 있고 이것은 다양성 확보라는 문화적, 정책적 변화로써 이끌어 내어야 합니다.

이를 위해서는 다양한 형태의 경험을 선사하는 교육으로의 변화가 최우선이라 생각됩니다. 개발 도상국에 최적화되어 있는 초, 중, 고 그리고 대학이라는 절차에 집착하는 천편일률적인 교육보다는 개인의 경험과 특성을 중요시하는 다양성에 근거한 교육이 절실합니다. 그러한 교육을 펼치고 전파하기 위해서는 사회 복지 시스템이 무엇보다 중요합니다. 최근 부각되고 있는 국민 일자리 보험이나 사회 복지 등을 통해 국민 모두가 의식주 문제에서 벗어나야 하고 직장이나 일의 특성으로 인한 상대적인 월급의 차이를 누진세 등으로 해결하며 사회적 불평등을 해결해 나간다면 사회적 다양성을 확보할 수 있을 것입니다. 사회적 다양성이 확보가 되면 서로가 서로의 직장이나 학교를 비교할 필요가 없어지고 그에 따른 삶의 질로 행불행을 더 이상은 느끼지 않으며 상대적 비교로 인한 사회적 박탈감 또한 극소화될 것입니다. 이미 한국 사회 도처에서 변화가 감지되고는 있습니다. 한국 사회의 다양성이 서방 국가 수준으로 확보될 때 대한민국은 또 한 번 크게 도약할 것입니다. 비록 제조업 중심 국가들이 겪을 수밖에 없는 성장의 정체기가 대한민국을 기다리고 있다고 하더라도 한국의 국민들은 이 또한 슬기롭게 극복해 나갈 것이라 믿습니다.

하와이 대학교 명예교수인 짐 데이터는 말하고 있습니다. "더 이상 한국이 바라보아야 할 모델국은 없다. 이제는 한국 스스로 새로운 모델을 개척해야 할 때가 왔다. 문화와 콘텐츠를 통해 부를 축적하는 새로운 꿈의 세계를 한국이 열 것"이라고 말입니다.

미래는 예측하는 자의 것이 아니고 꿈꾸는 자의 것이라고 합니다.

대한민국이 선도합니다.

믿음

믿음은 단순히 종교적 가르침을 믿음으로 인해 특정 도그마에 매몰됨으로써 불확실성으로 인한 두려움을 없애고 마음에 평안을 부여하는 것이 아니다. 그것은 오히려 자신을 다지고 더욱 성숙시킴으로 인해 어떠한 상황이 발생하더라도 평정심을 잃지 않고 올바르게 대처할 수 있는 마음의 상태에 도달하는 것이다. 하나님은 우리가 이 세상을 살아가는 동안 수많은 경험을 하길 원하시고 또 그러한 경험을 통해 성숙해 가기를 원하신다. 궁극적으로는 나와 타인을 구별하지 않고 똑같이 하나로 대할 수 있는 경지를 원하시고 또 모두가 그 경지에 이르기를 원하신다. 왜냐하면 그것이 이 우주 창조의 근본이 되기 때문인데 우리가 통상 일컫는 빅뱅이 일어나기 전 우주의 모든 것은 사랑의 에너지로 한 덩어리를 이루고 있었고 그 에너지가 하나님의 본질이다. 그러므로 우리를 포함한 우주의 모든 존재는 그 에너지의 작은 파편들이다.

우리는 수많은 행불행의 경험을 통해 믿음에 도달할 수 있다. 다시 말해 하나님은 우리를 창조하신 후 버려 두는 것이 아니고 사랑 안에서 어버이가 아이들이 커 가는 것을 지켜보듯이 자유 의지 속에서 믿음의 경지까지 자라기를 원하신다. 그러나 우리는 우리 자신의 능력에 대해 너무나 무지해 있다. 우리는 하나님의 일부분이며 또 그분이 현생한 생명체이다. 그분은 우리를 통해 수많은 경험을 하게 되고 우리가 죽어 그분과 다시 결합함으로써 우리의 경험을 그분과 함께 공유하게 된다.

하나님은 우리가 이해할 수 없는 엄청난 에너지를 가지고 계신다. 그 에너지의 본질은 사랑이다. 그분의 일부인 우리도 그 에너지를 운용할 수 있다. 다만 사랑의 목적에 부합하는 경우로 제한된다. 우리가 경험하는 치유의 에너지가 바로 그 한 예이다. 측은지심이라 일컫는 타인에 대한 사랑이 있다면 우리는 언제든지 이 에너지를 운용할 수 있다.

우리가 일컫는 블랙홀도 우주에 존재하는 그러한 에너지의 일부분이다. 블랙홀은 은하 창조의 원동력이 되는 에너지이다. 또한 블랙홀은 관문이 존재하지 않는 관문이기도 하다. 그 안에서는 아무것도 느낄 수 없지만, 또한 모든 것을 느낄 수도 있으며 우주의 모든 창조 행위가 활발하게 발생하는 곳이기도 하다. 하지만 현생 인류에게는 너무도 위험한 곳이라 갈 수 없지만, 언젠가 인류는 안전하게 블랙홀을 이용하는 방법을 알게 될 것이다. 영생의 부활체 또한 블랙홀을 따라 광대한 우주를 여행할 특권이 주어질 것이다. 마치 부활하신 예수님께서 시공을 초월하여 여기저기 나타나신 것처럼 우리 또한 주님의 영광에 참예하는 자들로서 부활의 영광을 누리게 될 것이다.

부활은 찬양의 삶이지만 동시에 체험의 삶이기도 하다. 카오스적인 질서, 양과 음의 질서에 의해 유지되는 우주의 구석구석을 마음껏 여행하며 느끼고 다스리게 될 것이다. 지구에서 주어진 잠시

인공지능

의 삶은 우주에서 벌어지는 모든 일들의 시금석일지도 모른다. 주님의 영광에 참예하는 부활체로서 주님의 공의를 실현하는 여행자의 삶은 그처럼 멋지고 유의미한 일임에 틀림이 없다. 여유로울 때는 에머랄드가 치렁이는 페리도트의 섬에서 그분과 산책하며 대화하고 살가운 친구들과 함께 전갈자리에 있는 한 행성의 다이아몬드 호수 근처를 거닐며 즐거워할 것이다. 운이 좋으면 지금도 빛의 속도로 팽창하고 있는 우주의 경계 근처에서 다른 우주를 구경할 경험이 주어질지도 모를 일이다. 아니 그렇게 될 것이다.

인공지능

ⓒ 엄두간, 2023

초판 1쇄 발행 2023년 2월 8일

지은이   엄두간
펴낸이   이기봉
편집   좋은땅 편집팀
펴낸곳   도서출판 좋은땅
주소   서울특별시 마포구 양화로12길 26 지월드빌딩 (서교동 395-7)
전화   02)374-8616~7
팩스   02)374-8614
이메일   gworldbook@naver.com
홈페이지   www.g-world.co.kr

ISBN   979-11-388-1622-9 (03810)